LAISHI DE LU
来时的路
亲历者讲述红色故事

五指山上
现红霞

曾 生 等◎著

史延胜　丁　伟　于长城◎编

中国文史出版社

图书在版编目（CIP）数据

五指山上现红霞／曾生等著；史延胜，丁伟，于长
城编. -- 北京：中国文史出版社，2024.12. --（来时
的路：亲历者讲述红色故事／朱冬生主编）. -- ISBN
978 - 7 - 5205 - 4995 - 0

Ⅰ. I251

中国国家版本馆 CIP 数据核字第 2024BK5340 号

责任编辑：金　硕　胡福星

出版发行：**中国文史出版社**

社　　址：北京市海淀区西八里庄路 69 号　　邮编：100142

电　　话：010 - 81136606/6602/6603/6642（发行部）

传　　真：010 - 81136655

印　　装：廊坊市海涛印刷有限公司

经　　销：全国新华书店

开　　本：700mm×1000mm　1/16

印　　张：17

字　　数：162 千字

版　　次：2025 年 1 月北京第 1 版

印　　次：2025 年 1 月第 1 次印刷

定　　价：72.00 元

丛书编委会

选题缘起

一是贯彻落实习近平总书记提出的"要讲好党的故事、革命的故事、根据地的故事、英雄和烈士的故事,加强革命传统教育、爱国主义教育、青少年思想道德教育,把红色基因传承好,确保红色江山永不变色"重要指示精神,深入挖掘红色资源,丰富精神宝库。"采取青少年喜闻乐见、易于接受的形式",讲好"四个故事"、加强"三个教育",以高度的历史自觉培育有理想、有本领、有担当的时代新人。抚今追昔、鉴往知来,不忘初心、牢记使命,始终牢记"我们走得再远都不能忘记来时的路",让信仰之火熊熊不息。

二是引导人们树立正确的历史观。中国共产党百年非凡奋斗历程为我们留下了丰厚的精神遗产,随着时间的推移,现阶段人们尤其是年青一代对当年那一段血与火的历史已渐感陌生；网络时代媒体传播的多元化，极大丰富了人们的信息资源，但在一定程度上也干扰了人们对历史的正确认知，特别是关于党史和军史，存在不准确甚至不正确的史料传播。本丛书旨在通过收集和整理史料，让历史说话，用史实发言，为人们树立正确历史观提供翔实资料。

三是文史资料再开发的尝试。现存的权威军史资料大都时日已长，为防止宝贵的红色资源湮没在历史尘埃中，迫切需要对其进行深度挖掘、梳理整合，以"亲历、亲见、亲闻"的"三亲"史料的形式，让红色资源以新的体系、新的样态呈现在世人面前，更好地发挥教育功能。

编选原则

一是坚持正确的政治立场。牢牢坚持党性原则，牢牢坚持马克思主义新闻观，牢牢坚持正确舆论导向，牢牢坚持正面宣传为主。

二是主题鲜明。丛书反映了中国共产党团结带领中国人民，以"为有牺牲多壮志，敢教日月换新天"的大无畏气概，书写了中华民族几千年历史上最恢宏的史诗；展现了坚持真理、坚守理想，践行初心、担当使命，不怕牺牲、英勇斗争，对党忠诚、不负人民的伟大建党精神。

三是史料权威。丛书内容来源于《中国人民解放军历史资料丛书》《中国抗日战争军事史料丛书》《中国工农红军长征史料丛书》所收录的文章及老一辈革命家的回忆录等。涉及党内路线斗争的题材概不收入；涉及犯有重大错误的人员的情况只做客观描述，不做评述；理论性较强，不便于一般读者理解的文章慎重选录。

四是注重"三亲"性。所选文章紧扣"亲历、亲见、亲闻"的特点，内容感人至深、思想丰富深刻、语言通俗易懂，为加强红色资源的故事化提供生动范例，做到知识灌输与情感培养并举。

卷册专题划分

一是在纵向上按照中国革命的历史进程，讲述了土地革命战争时期、抗日战争时期、解放战争时期及新中国成立初期的党史和军史故事。

二是在横向上各个历史时期再按区域或按部队序列进行分述。如土地革命战争时期的各地武装起义，按照当年武装起义比较集中的地区，如湘赣、湘鄂西、鄂豫皖、苏浙闽沪、陕甘等分别编辑成册。抗日战争时期，按照八路军第一一五师、第一二〇师、第一二九师、新四军、华南抗日游击队、东北抗日联军等分别编辑成册。解放战争时期，按照第一、第二、第三、第四野战军和华北军区部队，以及剿匪斗争、策动国民党军起义投诚等分别编辑成册。后勤工作、军队院校等特殊领域，单独成册。

圉于文史资料的自身特点，作者个人身份立场、视野角度不同，一些人撰稿时年事已高、事隔经年，记忆恐有偏差，细节难求完全准确，有意偏重或弱化亦难避免。对此，我们力求维持原貌，体现多说并存，只对一些显而易见的讹误进行了谨慎订正。诚然如此，由于我们能力水平和主客观条件的限制，难免有疏漏之处，恳请广大读者批评指正！

编　者

2024 年 6 月

本 书 提 要

　　1938 年 10 月，日军占领广州，中共广东省委根据中共中央的指示，在广东省（含今海南省）领导创建了东江纵队、琼崖纵队、珠江纵队、广东人民抗日解放军、广东南路人民抗日解放军、潮汕韩江纵队、梅埔韩江纵队 7 支人民抗日游击队，总称为华南抗日纵队，又称华南抗日游击队。华南抗日纵队孤悬敌后，远离中共中央，得不到主力部队的直接配合和支援；各抗日根据地之间几近隔绝，没有集中统一的军事领导机构，缺乏广阔的游击区和巩固的大后方。在极其残酷的斗争环境中，各游击队坚持独立自主的游击战争，纵横转战于两广地区，由小到大，由弱到强，开辟的华南敌后战场与八路军、新四军、东北抗日联军分别所在的华北、华中、东北战场，成为中国共产党领导下的四大敌后战场，为中国人民抗日战争胜利发挥了重要作用。本书收录的文章真实记录了华南抗日纵队在中国共产党的正确领导下，以各种斗争形式抗击和牵制入侵华南的日伪军，组建水上、海上游击队，营救盟军军官、飞行员，联络南洋华侨获取人力物资支援等，在战略上有力地策应了八路军、新四军的敌后游击战争，也配合了国民党军正面战场和太平洋盟军对日作战。

目录

第一次爆破

周伯明

东江一带村村都筑有高三层至五层的炮楼，各层均设有射击孔，楼门用钢板或铁皮包木板做成，墙基坚厚。敌人派出伪军分驻在我们活动地区周围的炮楼里，由于我们没有重武器，对这些炮楼强攻不下，几次偷袭也不成功。

1943年初的一个雨夜，我们驻扎在大鹏湾海边的小村里，雨声盖住了浪涛的咆哮，忽然听到南方传来一声沉重的轰响，我们觉得有些奇怪：天空漆黑，没有闪电，哪来的雷声？过了两天，港九大队交通船来了，我向交通员询问了沿途日军活动情况后，捎带问了一下之前晚上是否听到一声巨响。交通员显然消息很灵通，说是一颗英国人布设的水雷被风浪打断系缆，漂到海边，撞中岩石爆炸了，把岸边的巨石炸得粉碎。好几天我都在盘算着：水雷既然能够炸碎巨大的岩石，不也可以帮助我们炸掉敌人的炮楼吗？这个想法得到总队政委林平同志和司令员曾生同志的支持，他们写信给港

1

九大队负责人，要他们设法弄到水雷，掏出炸药来。

　　三四月间，我在宝安县黄田附近收到了港九大队送来的第一批炸药，并说这是渔民们听说要用水雷打鬼子，都表示积极支持，他们利用晴朗的白天，以捕鱼为掩护，找到了水雷的位置，用木片做个浮标放在水面上做记号，等到夜间，再从浮标处潜入水里，用小钢锯锯断钢缆。海水冰凉，深水压力又大，渔民们虽然潜水功夫很好，还是憋得耳鼻出血、筋疲力尽。经过两个晚上的努力，第一颗水雷终于浮上来了，渔民小心翼翼地把它拖上沙滩，又冒着随时可能爆炸的危险，用钢凿把水雷铁壳凿出个窟窿，再小心地敲松炸药并逐块地扒出来，然后把手臂粗的雷管卸下。有了第一个水雷拆卸的经验，接着就安全地搞了 30 多个水雷，从每个水雷中取出了 100 公斤左右的 TNT 高爆炸药。

　　大家很受感动和鼓舞，决心尽快用胜利的消息来答谢渔民兄弟。我怀着欣喜和焦急的心情立即进行试验，一开始用火点燃，奇怪的是炸药并不爆炸，像烧松香似的冒着浓浓的白烟，缓缓地熔化着。又改用子弹来射击，命中了，但照样不爆炸。土办法不行，我又用"洋"办法来试，把数节干电池串联起来，用铜丝接到炸药上，通电时射出青白的闪光，炸药还是闷着不响。过去在中学读书的时候，试验过黑色炸药，可是书本和老师都没有告诉我们怎样用 TNT 炸药。正在这束手无策的时候，我想起从香港回到惠阳的初期，看见沿海渔民以几两炸药把鱼炸得肚皮朝天的情景。珠江队队长彭沃同志过去曾在香港长洲岛当过渔民，于是我立即带着急迫的心情去到珠江队，一见面就说："阿彭，渔民炸鱼是怎样炸的?""炸药怎样才能炸得响呢?"

"这很容易，用鱼炮接上火索，点燃火索就可以炸响了。"真是一语破万难。我又急切追问鱼炮和火索是什么样子，怎样才能找到这些东西。彭沃告诉我，鱼炮和手榴弹里面的雷管是一样的，至于火索，自己能制造，只要买回鞭炮，取出它的火药，卷个砂纸管子，灌上火药就可以了。奥妙搞清了，我们又通过香港界内莲麻坑矿山的工人搞到一些雷管。

4月底，在彭沃队长的协助下，我们到珠江队的驻地固成庙去试验。先把炸药包扎好，只用了四五两炸药，压在大石板下面，小队长丘特点着了导火索之后，我们就走到稍远的山坡来观看。导火索灰色的烟缓缓燃烧，看着那蓝闪闪的火光谁也不作声，几乎每个人都屏住了呼吸，全神贯注地等待那一声爆炸……"轰隆"一声巨响，石板被炸得粉碎。试验成功了!珠江队的战士好像已经取得一场战斗胜利似的欢呼、跳跃，有的人拾起石头碎片，惊叹着："唉呀呀，多么大的力量啊!这回可以让鬼子们尝尝滋味了!"围着我和阿彭说："赶快给我们任务吧!我们保证让敌人飞到西天去。"

根据大家的要求，我们决定首先拿福永炮楼来开刀。福永镇炮楼有四层，墙基是洋灰的，厚达1米多，楼门是用1

3

厘米多厚的钢板造的。这个伪军中队人数不多，却是麦永大队的王牌，配备有六挺轻机枪。经过珠江队的小队长丘特的仔细侦察，我们决定在五一劳动节的晚上动手。

五一节的黄昏，珠江队和担任南北警戒的部队，分别从不同的出发点向各自的战斗地区前进。接近福永后，突击组悄悄地摸上炮楼，敌人却没有发现我们，只见炮楼的射击孔射出昏黄色的灯光。突然，炮楼眼发出一阵声响，随着敌人哨兵的吆喝，紧跟着就是敌人的枪声，糟糕，被敌人发觉了！我和阿彭的指挥位置虽距敌楼只有五六十米远，但一时间也难以判断发生的情况，正想派人去查问，丘特派人报告说是扛炸药的战士绊了一跤，给敌人发觉了，导火索在绊跤时掉了，正在摸索寻找，真是急死人！

阿彭当即令机枪开火，把敌人的火力一下子都吸引过来，双方猛烈地射击，曳光弹在空中交织成一道道的红线。我们全心都集中到等待爆炸这个念头上去了，猛然一道淡红色的闪光，照出炮楼清晰的轮廓，大地猛地抖动了一下，接着一声闷雷的巨响，爆破成功了！敌人的火力和我们的枪声都突然停顿，一阵沉默说明爆炸的威力震慑了所有的人。过了两分钟光景，突击队回来一个人，手按着额头，我以为他受伤了，正要去扶他，他几步跑到跟前说已炸开了铁门，没想到还有第二道铁门，他冲得太猛把额头撞在铁门上了，现在丘特和王辉正在安装小包的预备炸药包。一会儿，又一次传来闷雷似的声响，第二包炸药在炮楼内门炸响了。突击队乘着硝烟冲进炮楼，与炮楼内的敌人战斗，前后花了不到半个小时便结束战斗。

爆炸战的经验迅速传遍东莞和惠阳的部队，接着爆炸战就在整个东江总队开展起来，敌人的据点一个接一个被拔掉了，敌人被炸得惊魂失魄，甚至民兵用破布泥块做的假炸药包，也使炮楼里的伪军乖乖缴了枪。

粉碎"万人扫荡"

黄　业

　　自从日军入侵华南并占领香港之后，我广东东江人民抗日游击总队曾先后给予日军有力的打击，多次破坏了敌人进犯广九铁路，以打通铁路干线，支持太平洋侵略战争的计划。为此，日军恼羞成怒，他们纠集久留米师团及伪军第三十师等部队9000多人，于1943年11月18日，气势汹汹地向我东莞县大岭山根据地扑来，号称"万人扫荡"，扬言要彻底消灭我东江纵队。

　　这天凌晨，敌人先向我东莞的连平圩、莲花山、虎门、怀德一线发起攻击，接着又派出三架双翼侦察机绕着大岭山上空兜圈子，飞机上不断地发射黑色和灰色的信号弹，撒下一批又一批"劝降"的传单，喊杀声、炮弹声和飞机的马达声响成了一片。敌人对我们实施包围，差不多每隔两三里就有一股敌人，在间隙地带也设了观察哨，并于上午9点左右，采用他们惯用的"铁壁合围"战术，把方圆100多平方公里的大岭山团团围住。

当时，驻在大岭山一带的主要是我们第三大队，还有黄布中队和由王作尧副总队长率领的正在由东莞向宝安转移的彭沃大队。面对这种情况，与敌人硬拼是要吃亏的，王作尧副总队长和政治部杨康华主任与各队负责人研究后决定突围。但敌人密密麻麻，白天突围是不行的，无论如何也要坚持到天黑，再找机会悄悄地从敌人包围圈的空隙中突围出去。于是总队决定，部队一面利用大岭山居高临下、地形复杂的有利条件准备抗击上山之敌，一面做好准备突围的动员和组织工作，随时待令而动。

下午2点钟了，敌人的枪声逐渐稀疏下来。原来，敌先头部队虽不断与我军进行激战，但其后续部队还都在运动中，实现"合围"还需要一定的准备时间，直到晚上敌人也没有向山上进攻，这为我们准备突围赢得了时间。

夜幕刚降临的时候，我们被包围在大岭山上的部队开始突围了。为使突围能快速、顺利地取得成功，我们采取了力求不与敌人接触，秘密从他们的间隙中脱出的战术。我们把部队分成三路：第一路是彭沃大队，由王作尧副总队长、杨康华主任和邬强同志率领；第二路是广东人民抗日游击总队第三大队，由卢伟如同志率领；第三路是黄布中队，由黄布同志率领。各路分别从不同方向突围出去，到指定地点会合待命。那时，我在第三大队政训室当主任，大队机关的人员和其他部分武装队伍四五十人由我带领，突围方向是治平乡，目的地是杨西。

初冬的夜晚，山野里显得格外沉寂，但我们的心情却不平静，因为谁也说不准会什么时候发生激烈的战斗。巧合的是，我们刚下山，天空忽然乌云密布，接着刮起了西北风，小草、树枝不断地发出阵阵沙沙响声，我们凭借这个自然条件的掩护，抄小路、过河沟，巧妙地通过了敌人的封锁线，顺利地从敌人眼皮底下走出了包围圈。

第二天拂晓，我们刚到达预定集合点大进埔村时，敌人就向大岭山发起总攻，我们赶紧到大进埔后面的山上，拿起望远镜来观看敌人这场大规模的"演习"，山炮、迫击炮和飞机疯狂地轰击着，似乎要把整个大岭山翻过来，浓烟滚滚、尘雾漫漫，笼罩了半片天空。在飞机、大炮的掩护下，敌人指挥官摆动着各色各样的信号旗，指挥着十路以上的敌人向山上爬去，但直到下午他们到了山顶上，才发现扑了个空。

敌人的"铁壁合围"扑空后并不甘心，他们一面派主力对我们进行追踪，千方百计找我们决战，一方面又留下一部分部队在我根据地继续"扫荡"，敌人的各个据点都建起堡垒、挖了战壕、围上铁丝网，准备长驻，以分割和蚕食我根据地。我们则制订了"敌进我进"的反"扫荡"计划，立即从外线展开对敌人后方东莞城、石龙、广九铁路等地的攻势和袭击战、破击战，同时留下部队在内线继续打击进入大岭山根据地的敌人。

第三大队袭击东莞城，手枪队在城里抓汉奸、散发传单，炸毁城门外的公路，切断了敌人主要交通干线莞太公路……总之，敌人哪个地方空虚，我们就往哪里出击。王作尧在布置各部队反"扫荡"任务之后，便马上带着彭沃大队到宝安方向去了，因为敌人"扫荡"的锋芒可能很快转向宝安。

　　敌人向宝安地区的"扫荡"是在 11 月下旬开始的，这次不是"铁壁合围"，而是采取多路围攻战术，重点是宝安根据地中心的龙华、乌石岩地区。在广大民兵和群众的配合下，我驻宝安部队机动灵活地采取阻击、袭击、伏击战术，在布吉、南头、深圳、天堂围、塘厦、龙华、观澜、乌石岩一带与敌周旋，形成错综复杂的反围攻战斗，使敌人疲惫不堪，伤亡很大。尤其是在乌石岩附近的大水坑和黄田两次伏击战，我们以少胜多，歼灭了日伪军数十名。彭沃大队还穿插到敌人的后方，袭击广九铁路林村车站，炸毁了日军的队部。日军见四面受敌，到处挨打，只好草草结束这半个多月的"围攻"，仓促收兵，缩回南头、深圳去了。

　　12 月 2 日，根据党中央的指示，东江纵队公开宣布成立。这给我东江军民以莫大的鼓舞，我们号召部队要以反"扫荡"的胜利来庆祝纵队的成立。

　　就在纵队宣布成立的第三天拂晓，驻大岭的敌人便来偷袭瓜田岭。因为两天前，我第三大队主力为相机打击出扰的敌人，刚集中在这里，敌人可能是闻到了一点风声。那天晚上，部队正好进行庆祝纵队成立活动，战士们和群众在一起唱歌、演戏，很是热闹，直到深夜才休息。

黄布同志是刚从中队调来大队任副大队长的，他有战斗经验，深知处于敌"扫荡"期间，必须时时提高警惕，因此天还没有亮他就起床到村外面去看情况，正当他爬上村子左侧的一个小山坡时，就发现前面山沟里有些模模糊糊的人影在移动，头上还戴着钢盔。他马上机警地喝问："哪个？"那些人影一听连忙卧倒。"是鬼子来偷袭！"黄布拔出手枪连打两枪，并高声喊道："鬼子来了！"迅速返回村里和大队领导一起，指挥部队投入战斗。

我们驻在村子附近的几个中队得悉敌情后紧急集合，村前山上的排哨立即居高临下向鬼子射击，各中队抢占山头后马上投入战斗。鬼子见势不妙，抱头向后跑。这时天亮了，我们看清有五六十个鬼子沿来路的青竹笋、九里潭方向逃跑。部队迅速兵分两路，一路衔尾追击，一路抄左小道截击。但鬼子实在跑得太快，我追击部队没追上。这次战斗，虽只捡回敌人沿途丢下的一些装备物资，但却戳穿了日军"武士道精神"的原形，大大鼓舞了根据地军民反"扫荡"斗争的信心和勇气。

为了坚持在大岭山进行反"扫荡"斗争，留在大岭山执行内线作战的部队在敌人据点周围不断进行骚扰和袭击，有时半夜摸到敌人据点外面烧一串纸炮，敌人就满城风雨；

内外封锁，使敌人连喝水也困难；出来抢粮的敌人，也到处遭到我们和民兵的打击。一天夜晚，敌人包围了大进埔村，适值村里一家老乡娶媳妇办喜事，深夜有不少人在走动，敌人以为把我们围住了。实际上我们早有警惕，大部分人员离村在附近的甘蔗地宿营，只留大队副官李家富和交通员余仔在村里负责联络，结果李家富在群众掩护下脱险，余仔被抓住了，敌人用火烧他，又把他丢进鱼塘，对他百般折磨恫吓，逼迫他说出部队的秘密，但他守口如瓶，坚强地顶住不说。敌人只好把他带回大迳石马村驻地，他乘敌不提防，偷了敌人的衣服，伪装成联防队队员跑了回来，大家都说："鬼子连我们一个小鬼都无法对付，还喊什么'扫荡'呢！"

一天上午，鬼子又纠集了伪军共 2000 多人，向我们所在的杨西区根据地发起了进攻。面对比我们要多 10 倍以上的敌人，对攻是不行的，于是我们决定发动根据地及游击区的民兵群众，展开"麻雀战"疲惫敌人，然后再选择有利的时机歼敌。上午 8 点，敌人分途袭来了，民兵们一发现，立即鸣锣打鼓、吹起螺号，漫山遍野喊杀连天，1000 多名民兵几乎在每个山头、各村口都打响了。当时，我们在高处，敌人在低处，他们的机枪不容易打着我们，而民兵们的单响和手枪却枪枪在敌人头上开花，土炮手操着土炮不断地向敌人射击，粗颗铁砂和破铁皮打得敌人号啕大叫，很快就退了回去。一个上午过去了，敌人仍被我们阻止在莞太路上，根本无法越过这条奇妙的"防线"。距离大岭山仅几十里的连平、治平等三个据点的 200 多名日军，也不敢出来帮忙。

下午 2 点左右，敌人枪声逐渐减弱，我用望远镜一看，原来敌人开始溜了。"出击!"我一声令下，冲锋号立即吹响了，预备队的战士们像一群下山的猛虎，飞跑着冲过了莞太线，把敌部拦腰截断。敌人全部溃退了，被赶到了东江河边。在东江河面上，原有敌木船十余只，当我军与敌在河堤上对峙时，敌乘木船已逃走了大半。东江雨后水急，离开岸边的船一到河中央便随急流开走，我们只好射击还来不及逃走的船只。敌人为了逃命争先上船，岸上、船上、水里的敌人乱成一片，有两只船载了 100 多名敌人刚要开动，有个叫黄英的小战士抱过机枪朝敌船猛扫，船上的敌人抱头乱钻，船身不断倾斜，一会儿就翻过去了，落在水里的敌人全被急流冲走了。

阵地上的战士和民兵都欢呼起来，黄英也大声笑了，忽然他的笑声停止了，两颗子弹从他胸脯穿了过去，血像泉水似的从伤口往外涌，卫生员给他包扎的绷带也全染红了。我心痛地抓起他的手连喊几声，他慢慢地张开眼，但随即又闭上了眼睛。我怀着无限的悲痛，从他身上拿出一个小本子，第一页上工工整整地写着："做一个坚强的人民战士!"

这次战斗后，我们又袭击了莞太线上敌人的重要据点厚街，在沙涌又歼灭伪军一个连，打垮了黄坑的伪军"王牌"李益荣团，广九铁路一带的部队袭击了林村、横沥等车站，广九铁路宝安地段陷入瘫痪。盘踞在大岭山根据地各个据点内的日军，在我军不断袭击下也被迫全部偷偷地撤走了。

至此，敌人费尽心机布置的历时 40 多天的所谓"万人扫荡"，就这样被我们彻底粉碎了。

"飞鹰队"鹰击长空[*]

何通　冼麟

东江纵队独立第三中队代号"飞鹰队",由何通任中队长、黄克任政委、张军任指导员,在东莞的塘沥、三峰、官井头一带发动群众,开展敌后游击战,打击日军,摧毁伪政权。

1944年1月24日,正是农历春节,驻平湖日军藤本大队出动一个中队数十人,到虾公潭村烧杀抢掠。鬼子灭绝人性,竟把全村青壮年拘禁在一间房子,放毒气熏。有个青年侥幸跑了出来,到山上找到"飞鹰队",哭诉鬼子的暴行,要求部队赶快解救群众。何通与张军立即带队出击,由罗润深带两个班沿河边隐蔽接敌,冼麟带手枪班和"黄友小鬼班"顺一条小沟突然冲入虾公潭村,机枪班随着猛烈射击杀伤鬼子数人,日军猝不及防仓皇逃走。战士们马上打开鬼子

＊ 本文原标题为《鹰击长空》,收录时做了适当修改。

放毒气的房门，救出奄奄一息的老百姓。乡亲们流着泪水对我们说："若不是游击队神兵天降，打跑日本鬼子，虾公潭全村人都没命了。"

日军自虾公潭村遭我军打击后十分恐慌，派出一个班在平湖北面的凤凰山修筑工事，加强警戒，监视我游击队在塘沥、官井头一带的活动。何通派冼麟去侦察敌情，冼麟化装成农民，与群众一起到公路边锄甘蔗头，边劳动边观察。他看到有10个日本兵携1挺机枪、7支步枪，于早上7点从平湖出来，7点左右走到凤凰山山脚，再爬上山顶修筑工事，下午5点左右即下山返回平湖。观察好几天，日军上下山的时间、路线都不变，于是"飞鹰队"决心在凤凰山打一个伏击战。2月15日凌晨4点，何通带40名队员秘密爬上凤凰山山顶，隐蔽在日军挖的土壕里，并将"小鬼班"和手枪班隐蔽在敌人来路的小山侧后。早上7点钟，9个日本兵按时从平湖出来，大摇大摆往山上走。待敌人走到距我军伏击点几十米，我们的机枪、步枪突然开火，打倒几个敌兵。埋伏在小山后的"小鬼班"和手枪班迅猛出击，断敌退路。几个日本兵趴在地上打枪还击，"小鬼班"立即投出几枚手榴弹，炸得敌兵血肉横飞，有个扛机枪的敌兵站起来想逃跑，班长黄友一枪将敌兵打倒，猛扑过去从敌兵手上夺过机枪，可是他的大腿中弹负伤。这时平湖日军出动增援，并派骑兵迂回我军后路，但被我军预设警戒分队阻击杀退，"飞鹰队"安全撤回官井头。此战全歼日军1个班，挖掉了藤本用以监视我队活动的一只眼睛。

平湖伪区政府驻在平湖边上的元屋围,伪区长谢瑞华、副区长刘仲充当日军帮凶,抢掠物资,鱼肉乡里,抓捕青壮年给日军做苦工,逼迫老百姓砍树为日军修铁路,无恶不作,群众恨之入骨。"飞鹰队"根据群众的要求,决定严惩这班民族败类,砍掉藤本的一只手臂。2月29日,"飞鹰队"在平湖地方党组织协助下,于午夜时分,由冼麟带突击队从小巷接近伪区政府大门,伪警兵发觉后开枪射击,我军爆破员抱起炸药冲到大门,拉响导火索,"轰"的一声巨响,把敌兵都炸晕了。突击队立即冲入伪政府院内,冼麟一枪把伪警兵撂倒,一脚踢开伪区长谢瑞华的房门,只见他光着上身正要拿手枪顽抗,冼麟用手电照住他,手枪指着他的脑袋,大吼一声"缴枪不杀!"吓得谢瑞华浑身打战。冼麟捉住谢瑞华,让他叫所有伪警放下武器,"不然就杀了你!"伪区长乖乖地走出房门大声叫:"不要打了,不要打了,人家已打进来了,还打什么。"伪警兵全部把枪放下投降,战斗不到10分钟就胜利结束。日军离伪区政府很近,但不敢出来救援。

1944年2月27日,驻樟木头日军派出川口中队100多人侵占清溪,目的是砍伐银屏山南麓盛产的大松树用来做枕木,尽快修通广九铁路,以支援太平洋战争。国民党驻军望风逃走。"飞鹰队"按东纵司令部的指示,北上清溪打击日军。

3月底的一天，何通带冼麟和江荣、罗瑞、黄基等手枪队队员来到清溪风吹莲村侦察敌情，有个老百姓跑来告知：距清溪5公里的钳口茶亭边停着日军几辆车，鬼子兵正逼迫老百姓在装运木头，另有十多个鬼子兵坐在茶亭里乘凉。我们六人经过化装，跟着群众一起来到茶亭，大模大样地与鬼子杂坐饮茶，鬼子没有察觉游击队就在身边。那个卖茶水的老乡认识冼麟，吓得脸发白手发抖，冼麟递给他一个眼色，叫他不要怕，又叫他拿花生来一块吃，稳定他的情绪。不一会儿，一个佩军刀的日军头目站起来叫："开路，开路。"鬼子兵刚要走出茶亭，手枪队队员一齐拔出手枪顶着鬼子，何通用日语喊话："缴枪不杀！"日军头目拔出军刀正想劈来，何通和冼麟一齐开枪将他打倒，接连几枪又撂倒几个鬼子。顿时，茶亭里群众叫喊着乱跑，手枪队队员乘乱又干掉几个鬼子，没有被打死的，有的沿公路逃跑，有的跑去开车想逃。冼麟追上第一台车，看见一个鬼子正在打火发动，他马上打开驾驶室门，用手按住鬼子的头，用日语喊道："缴枪不杀！"鬼子拼命挣扎反抗，冼麟连开数枪将其打死。茶亭对面水稻田里，江荣正与一个鬼子扭成一团在肉搏，在泥水中翻过来滚过去打得不可开交。眼见那鬼子压住江荣用手拔出刺刀要刺，赶来的冼麟连发三枪击毙了鬼子。至此，在茶亭附近的鬼子全部被歼，我手枪队队员罗瑞在与鬼子搏斗中英勇牺牲。

5月5日晚，"飞鹰队"带着土桥、青塘民兵数十人来到钳口小山后埋伏，在日军每天早上下车集合的场地挖个大坑，埋下 20 斤炸药和几十担鹅卵石，布成一个特大的电发掷石地雷阵，准备把鬼子炸个粉身碎骨。第二天早上，开来 5 辆敌军车，有 40 多个鬼子携 5 挺机枪，正好在"飞鹰队"埋雷的地面上集合。但是这天日军比往日来迟了，被强迫来砍树的 100 多名群众反而先到，拥挤地站在埋雷地面的旁边。此刻，若是我们按下电门，地雷轰隆一炸，这 100 多名群众就会与 40 多个鬼子同归于尽。面对这突然出现的情况，何通与黄光研究，决定不起爆地雷，绝不能伤害自己的骨肉同胞，"飞鹰队"就这样眼睁睁地看着鬼子把群众押走了。后来日军风闻此事，出来砍树时就战战兢兢，迟出早归，戒备森严。

5 月 13 日，"飞鹰队"在日军运输线磨坭圩榄树头设伏，毙伤日军 7 人，我部牺牲爆破手 1 人。翌晨，日军藤本大队及樟木头之敌 500 余人分五路合击黄洞，"飞鹰队"预先做了准备，天亮前即登上山顶，与敌人激战后交替掩护东撤，在南门山与另两路敌人遭遇，"飞鹰队"利用敌人火力死角，从一条几十米宽的山沟里杀出重围，转移到黄坭坑。

5 月 26 日，"飞鹰队"夜袭清溪圩伪联防队和税警队，先以部分兵力对驻在鹿鸣学校的日军川口中队严密封锁，然后进入清溪圩，由争取过来的伪联防队长蓝文星带到"永平社"联防队驻地，同样被我们争取过来的队员李明当即打开大门，突击队迅速冲了进去，活捉伪中队长徐华，一枪不发解决伪联防队一个中队。接着再由蓝文星骗开横头街伪税警队大门，我突击队进门就捉住敌哨兵，并击毙顽抗的伪军队长游兴华，其余伪警全部投降。

日军侵占清溪三个多月，遭"飞鹰队"连续打击，伤亡惨重，松树也砍不下去了，被迫于 6 月 7 日仓皇逃回樟木头，"飞鹰队"随即解放清溪。日军在广九铁路上因枕木奇缺，又遭东江纵队各部队不断破击，因而始终不能顺利通车，使日军要打通"大陆交通线"的企图遂成泡影。

清溪解放后，"飞鹰队"立即挥师南下，再与驻平湖日军藤本大队较量。经侦察核明：平湖东距藤本大队的碉堡约 400 米的谭屋村，驻有伪警一个中队 80 余人，配备的全是新枪。7 月 21 日夜，"飞鹰队"集中兵力 150 人，另有民兵 50 多人配合，自黄洞向平湖进发。途中大雨、雷电交加，天黑路滑，22 日凌晨 4 点才到达谭屋村后小山进攻出发地，离天亮不到一个小时，而且原计划担任警戒及从北面佯攻平湖的部队和用土炮轰击日军马棚的民兵均未就位，土炮火药淋湿了又不能发射。"飞鹰队"领导在风雨中研究情况，认为不能错过机会，还是下决心打。张军率部分兵力和爆破班警戒平湖日军方向，在路上埋设地雷；以邬振祥小队自前门助攻；冼麟带"小鬼班"和手枪班沿后山甘蔗林地向后门突击。突击队刚接近铁丝网，被伪警发现开枪射击，我军火力组当即猛烈还击，突击队迅速往铁丝网架上门板，队员勇敢地跳过一道铁丝网，接着又用携带的棉被盖上第二道铁丝网，敏捷地强行踩过，跳过鹿寨、外壕后，击毙敌哨兵，直扑敌后门与敌激战。这时，"小鬼班"副班长李查理中弹牺牲，攻击受阻。紧要关头，班长黄友甩出手榴弹压制住敌人，又用小包炸药炸开一个缺口。在机枪火力掩护下，冼麟带手枪班直捣伪警中队队部，冲上二楼，伪警纷纷放下武器。冼麟用目光扫了一下这堆人，认不出哪个是伪中队长蒙德普，他灵机一动，先用手电照射一圈，喊声"蒙德普!"看哪个有反应。蒙德普果然应声转过头来，冼麟伸手将他抓住，绑起来拉他下楼，命令他叫楼下伪警停止抵抗缴械投降。蒙德普打着哆嗦在门口叫道："吴排长、张排长，不要打了。"枪声霎时间停下来，黄友带"小鬼班"冲到大门，将全部伪警缴了械。此战只用了 20 多分钟，共俘敌 40 余人，缴枪 70 多支。我部牺牲 1 人，负伤 5 人。

"飞鹰队"撤退路上，顶着十级台风和暴雨，抬着伤员，带着一群俘虏，行军速度不快。队伍过雁田后，前卫第一小队没有走老虎山以东，而错走老虎山以西的一条路。黄友带"小鬼班"做尖兵班，当队伍行进到老虎山西北沙岭附近时，突然与日军藤本大队主力 400 余人遭遇。原来在我们攻打长平湖伪警中队时，藤本即调兵出援。日军先我军到达沙岭展开兵力，占领有利地形，以轻重机枪密集火力把"飞鹰队"压在一片开阔地面，被俘伪警纷纷逃走，另一路敌人已向老虎山迂回。局势万分危急，就在这时，黄友挺身而出，"全班跟我来!"一声号令，"小鬼班"立即抢占了一条较高的堤围，开火坚决阻击敌人，掩护"飞鹰队"主力撤出开阔地。顿时，堤围前展开了一场激战，日军使用掷弹筒轰击堤围，用轻重机枪猛烈射击堤围，接着吼叫着向堤围冲来。黄友和全班战士决心守住堤围，同敌人血战到底，敌人一次又一次的冲锋被打了下去，"小鬼班"阵地依然屹立。我"飞鹰队"主力奋力拼杀，突出重围。此时，"小鬼班"多名战士相继牺牲，班长黄友多处负伤，血染全身，仍奋不顾身地战斗。最后，他从挎包里取出文件撕碎，连同打光子弹的驳壳枪塞进稻田里，再向冲上来的鬼子投出一枚手榴弹，最后在密集的枪声中壮烈牺牲。我们的小英雄们以血肉之躯，顶住日军的疯狂攻击，掩护"飞鹰队"突围。此次战斗我们付出了惨痛的代价：黄友"小鬼班"七人全部牺牲，另有十多人负伤。

"小鬼班"个个年纪十五六岁，多是苦大仇深的穷孩子，参加抗日部队后，他们有觉悟、有朝气，吃苦耐劳、勇敢机智，爬山越岭像小山羊，打起仗来像小老虎。班长黄友更是一位模范战士，每次战斗都带头勇敢冲锋，经过一年多的战斗锻炼，在打平湖之前被批准加入中国共产党。战斗结束后，我们将黄友等烈士遗体安葬在老虎山下，东江纵队司令部、政治部发出通报，授予黄友等烈士"抗日英雄"光荣称号，将"小鬼班"命名为"黄友模范班"。之后，中共中央军委追认黄友为广东人民抗日游击队战斗英雄、中共模范党员。小英雄们可歌可泣的光辉事迹，传遍东纵各部队，传遍广九沿线、东江两岸。

1944年9月初，日军藤本大队协同伪军三十师、四十五师对路西大举"扫荡"。东纵司令部命令"飞鹰队"配合路西反"扫荡"，积极打击广九线上的敌人。"飞鹰队"首先选定天堂围北2公里石马河铁桥的日堡作为袭击目标，经侦察发现铁桥碉堡驻日军1个班，配有机枪1挺、步枪9支，不远处石马岭也有日军1个班，其火力可以支援碉堡之敌。碉堡三面环水，有铁丝网和狼狗，不易接近，这是一块硬骨头。9月20日下午，"飞鹰队"手枪队队长冼麟、小队长黄基、爆破班班长黎展辉化装成修路民工，携带定时地雷来到碉堡附近，看准了鬼子兵都出去监督民工修铁路，碉堡无人看管的时机潜入其中，把地雷放在床板下面，爆炸时间定在夜间11点30分。当天夜里，"飞鹰队"冒雨自三峰出发，10点多钟进入石马铁桥附近阵地，派邹振天带1个排警戒天堂围日军，黄一彪带1个班警戒石鼓日军，冼麟带手枪队在前，黄基小队在后，潜至铁桥旁埋伏。11点30分，眼看敌碉堡火光一闪，瞬间轰隆一声巨响，定时地雷准时爆炸，碉堡被炸毁了。突击队迅速冲过铁桥，肃清附近残敌，进入碉堡内搜索，全歼日军1个班。战后，"飞鹰队"受到东纵通令嘉奖。

战火中的国际友谊

潘江汉

1943年冬，整编后的琼崖抗日独立总队第二支队，奉命从琼岛北部的琼山、文昌、澄迈等县经过儋县向琼西南的昌感县转移，开展琼西南地区的抗日战争。我和政委林明率领第二支队第一大队从儋县的四里抗日游击区出发，经过六七天的昼伏夜行，绕过敌人的重重封锁线，来到了昌感县游击根据地乐梅村，很快和昌感县委书记陈克文、县长赵光炬，以及先期抵达昌感的支队部取得了联系。

队伍经过休整后，指战员个个精力充沛，求战心切。说来凑巧，我们想打仗，战机就来了。县委同志告诉我们，近日来，日军经常用汽车押送一伙被抓来的外国劳工，到距石碌铁矿十多公里的一个山岗开山筑路、修碉堡工事，准备在那里设置一个据点。我和林明合计，我们二支队刚到昌感地区，必须狠狠打击一下敌人的嚣张气焰，才能推动开辟琼西南地区抗日根据地的工作。决心下定，立即派人前去侦察敌情。这一带山岗起伏、丛林层叠，狡猾的敌人欲把工事修在最高的山岗上，企图利用有利地形，控制周围的山口及穿过山岗的公路。敌人的工事尚未修好，这里反倒成了我们设伏的理想地点。我们分析研究了敌情后，从第一、第二中队抽调100名指战员，由我和副大队长韩凤元、一中队队长韩飞、二中队队长韩泽光率领，于拂晓前进入阵地埋伏。

很快，敌军车进入了埋伏圈。正当敌军车有气无力地上坡爬行时，韩飞大喊一声："打！"一中队的战士们以密集的火力朝敌军车后屁股突然发起袭击，汽车一下子就被打得不能动弹了。日军突遭袭击，急忙从车上跳下来，企图组织反击。为了不误伤外国劳工，开始我们只是打车轮使车停下。车停了，日军跳车，这正中我们下怀。因为我们是三面设伏的，日军跳下一个人，我们就打一个人。敌人多数中弹毙命，少数慌忙躲进车底，借车轮顽抗。可是，在我们三方面火力的打击下，敌人顾得了头顾不了脚，枪声很快就稀落了下来。敌人枪声停下了，我们也停止了射击。那帮外国劳工见枪声一停，便蜂拥着跳下车来，拼命往密林中奔去。我们冲出阵地，包围汽车，消灭了藏在车底顽抗的几个敌人。

打扫完战场，我命令各中队派人到密林中把外国劳工找回来。不一会儿，传令班班长带来一个外国人，只见他头发蓬松、满腮胡子，光着上身，下身只穿一条裤衩，皮肤很白，但不知是哪一国的。我想起在中学时学过的几个英语会话单词，便一边打手势，一边结结巴巴地试问道："Are you

an English man?"（"你是英国人吗？"）他当即回答："Yes,
Yes! I am an English man."（"是的，是的！我是英国人。"）
他一边说，一边指着我的警卫员肩挎的军用水壶，说："wa-
ter."我听懂了。我知道他很想喝水，便叫警卫员拿水壶
给他。

喝过水，他非常激动，他当时未必知道我们是共产党的
队伍，但亲眼看到了我们狠揍日本侵略者的情景，对我们是
很放心的。当我用手势示意他去把躲进山里的伙伴都叫出来
时，他一边高兴地朝丛林里跑去，一边"哇啦哇啦"地大
声呼唤。约莫半个小时，又有 25 个只有下身挂一条裤衩的
外国人陆续从丛林里走了出来，一个个浑身上下都是污泥和
汗水，有些人的身上还隐隐约约看得见被皮鞭抽打的伤痕。

正当我指挥部队护送外国人撤离阵地时，警戒分队的传
令兵飞奔而来向我报告说，有三辆满载日军的卡车正沿着公
路向这边开来。我意识到情况紧急，立即命令韩泽光指挥两
个排阻击敌人，其余部队掩护外国人迅速撤退。敌人下车散
开队形向我军追击，我阻击部队顽强拦截，边打边撤。战斗
打了两个多小时，滞缓了敌人前进的速度，我们掩护外国劳
工安全撤离。时至正午，敌人见抢回劳工已无望，只好撤回
了据点。

部队救出外国劳工的消息不胫而走，驻地周围的乡亲们
纷纷赶来，都想亲眼看一看黄头发、蓝眼睛、高鼻梁的外国
人。他们还带来大米、猪肉以及各种蔬菜，慰劳部队和招待

外国人。当时部队生活很艰苦，平时都以番薯干当主食，为了照顾外国朋友，我们把乡亲们送来的数量不多的大米、猪肉全部留给他们。吃饭时，他们端起炊事员专为他们做的饭菜，又看看我们指战员碗里的饭菜，开始时感到诧异不解，有的人吃一口自己的饭，又吃一口我们的番薯干稀粥，这才发觉，我们是在把他们当作朋友看待，感动得眼圈都红了。

到宿营地那一天，大队部把缴获来的日本军衣、毛巾等发给外国朋友，他们高兴得手舞足蹈，又是唱又是跳。他们中一个领头的人招呼大家到河里洗澡，然后穿起那些尽管不大合身却很干净的衣服，郑重其事地列好队，来到我和政委的住处，神情异常激动地对我们"叽里咕噜"说个不停，还把双手按在心口上，一起对我们微微躬身，向我们表示谢意。我和林明同志一一和他们握手，连声说："不用谢，不用谢。我们是朋友，这是我们应该做的。"也不知道他们懂不懂我们说的话。他们先是很注意地听，待我说完，便争先恐后地拉住我们的手，一个劲儿地猛摇，边摇还边点头。

虽然冬天未过尽，可是南国已热气逼人。白天，红日当头，晒得人热汗涔涔。为了让外国朋友住得舒服一些，战士们钻进密林深处，砍来木条、竹竿、茅草、山芭蕉叶，搭起一间宽敞的茅草房。不知是哪位同志还特地给它起了个别致的"雅号"——"绿色洋房"。

由于长期被日军关押、虐待，外国劳工一个个被折磨得十分虚弱。如今，他们住进深山野岭，水土不服，加上蚊虫叮咬，没几天，就有好几个人患上了疟疾。有个满脸络腮胡子、个头高大的小伙子，疟疾一发作，就瘫在床上，连声呻吟，颤抖不止。我想起大队部还有两瓶治疟疾的特效药"唐拾义"药丸，那是前几天地下党的同志冒着生命危险从敌占区弄来，专供指战员在病情紧要时使用的。我交代看护长到大队部取一瓶来给他服用，治好了他的病。这个小伙子再见到我时，跑过来紧紧地拥抱我，呜呜咽咽地哭了起来，还"叽里咕噜"地说了许多我听不懂的感激话。

部队和外国朋友还在营地附近的河边开了场别开生面的篝火晚会，战士们管它叫国际友谊联欢会。指战员尽情地唱着、跳着，争相把自己拿手的节目献出来；外国朋友也情不自禁地翩翩起舞，还用口琴伴奏，演唱各自国家的歌曲。晚会上，感情冲破了语言的障碍，人人都沉浸在狂欢之中，外国朋友更是无比兴奋，几天前他们还是囚徒、奴隶，在日本法西斯的刺刀、皮鞭下当牛做马；如今他们在中国共产党领导的队伍里，尽情地歌唱，自由自在地跳舞，这怎么能不令他们喜笑颜开呢！

十多天后，总队部派来一个通晓英语的参谋，和外国朋友一起住在"绿色洋房"里，给他们介绍国际反法西斯斗争形势，介绍中国共产党领导的八路军、新四军及琼崖抗日独立总队英勇抗击日本法西斯强盗的斗争事迹。从此，他们对我们有了进一步的了解，每当见到我们时，总是投来信任、敬佩的目光，他们表示要和我们一起抗击共同的敌人。

一天，根据总队部的命令，第四支队的刘青云同志来接外国朋友们到总队部去，我们派一个排专门护送。临别时，大队部特意送给他们每人一个用椰子壳精心制成的行军碗和一双竹筷，还送了在战斗中缴获的一些衣物。他们捧着这些有意义的礼物，一个个热泪盈眶。他们当中那位领头的紧紧地抱着我和政委，失声痛哭，其他人也跟战士们握手拥抱，一个个泣不成声。刘青云同志是从南洋回国参加抗日的，讲得一口流利的英语。在他的翻译下，那位领头的劳工流着热泪，发表了简短而富有感情的临别讲话："亲爱的大队长和政委阁下，各位朋友，20多天的朝夕相处，使我们从你们身上看到了中国人民特有的献身精神，看到了中国反法西斯战争胜利的希望。你们必胜！日本侵略者必败！朋友们，我们在抗击日本侵略者的战火中产生的这种不受国籍、语言和肤色阻隔的真挚友谊是不可磨灭的。我们将永远牢记这无比珍贵的友谊。"

　　我也怀着满腔的激情，讲了几句答词："我们虽然即将分别了，但我们坚信，中国人民和全世界被压迫人民的反法西斯斗争一定能够胜利！这一胜利已为时不远了。我们将重逢在那欢庆胜利的日子里！"

掩护美国飞行员克尔中尉脱险记

李兆华

　　1944年2月11日，美军第十四航空队担任中美联合空军飞行员指挥兼教官的敦纳尔·克尔中尉，率领20架战斗机从桂林起飞，护卫12架轰炸机袭击九龙日军的启德机场。在香港上空与日机激战，克尔中尉的飞机油箱不幸中弹起火，被迫弃机跳伞。这时，启德机场周围的日军像一群饿狼，盯着上空，准备将他捕获。忽然一阵南风刮来，把克尔中尉吹到了机场北面的新界观音山上空降落。日军急忙派出搜捕部队，向观音山一带进发。这里与九龙不过是一山之隔，敌人很快就会上山来捕捉克尔中尉，情况十分危急。

　　可幸运的是，东江纵队港九大队交通员李石送信，正巧从这里路过，这个只有14岁的交通员看到跳伞的是一个白种人，立即判断出这是抗日盟军。他沉着迎上前去，用手势招呼正惊慌失措不知如何是好的克尔中尉赶快跟自己走。日军的枪声越来越近了，克尔中尉也顾不得多想，拔腿就跟他

29

奔跑起来。他们俩穿荆棘，钻丛林，好不容易来到观音山外的芙蓉别村附近的一个山坳里。李石把克尔中尉藏在一个树丛里，就到村里去找联络员。

那天下午，我正在芙蓉别村，当年我是一个20岁的姑娘，在港九大队负责民运工作。听到李石报告后，心里焦急不安，只有一个念头：就是豁出命来也不能让盟军战士落入虎口。李石有送信任务，不能久留，他说明情况后就急忙上路了。李石刚离开，我就听到不远处传来"砰、砰"的枪声，只见这个村在山上割草的邱大娘飞快地跑回来，她是一个哑巴，口里急促地向我发出"喔，喔——"的声音，同时神情紧张地向山坡的方向一个劲地比画着。我从她的手势中了解鬼子在搜山，已经离这里很近了。我当机立断，找来本村一个叫邱葵的村民，要他按李石告诉的地方，立即将克尔中尉转移到比较偏僻的吊草岩山坳处隐蔽起来。

紧接着，我回到黄竹山村，请游击队员钟炳的母亲碾米粉，赶做三四斤糯米糍粑，准备给克尔送去。这时已是傍晚时分，出去打听情况的战士回来说敌人已出动1000多人，在新界西贡一带进行严密的封锁和搜捕，黄竹山村附近的壕涌、北围、大围村都驻满了搜捕的日军。显然，敌人第二天也会到这个村以及克尔藏身的吊草岩搜捕。我暗自思忖：现在要突破敌人重围，把克尔中尉带到游击队去已不可能了。他是白种人，怎么化装也瞒不过敌人的眼睛。怎么办？把克尔藏在哪里最安全？……我苦思冥想，忽然眼前一亮，把克尔转移到敌人据点附近的北围村山窝里，此地敌人今天已经搜索过，而且处在敌人的眼皮底下，反而不容易引起注意。主意拿定后，夜幕已经降临，我提着装糯米糍粑的竹篮子，悄悄地来到吊草岩坳按照预先约好的暗号拍了几下手掌，很快就与克尔中尉联系上了。为了行动方便，我让邱葵先回家了，然后领着克尔中尉在伸手不见五指的山丛中转移。我平时搞民运工作走村串户，对这一带的地形都十分熟悉，只用了一个多小时就摸到了北围村背的山坳里。我警惕地向四周环视了一遍，没有发现什么情况，就把克尔中尉隐藏在一片茂密的树丛里，并将糍粑递给他，他很激动，接东西的手有些发抖，想说什么，但没说出来。

为了及时掌握敌人的动态，我连夜赶回黄竹山村。第二天，敌人果然把黄竹山村、吊草岩搜了个遍。日本兵在村里、山头上走来走去，呱呱地号叫，结果连个飞行员的影子也没有看到，只在村子抢了些东西，杀鸡宰猪吃了一顿饭，便往西贡、沙角尾、大网仔一带去搜捕了。

第二天一早，东方刚泛起了鱼肚白，我就赶紧起来化装，装扮成上山割草的村妇，怀揣着带给克尔中尉的食物，沿着崎岖的山路来到克尔隐藏的山坳。他远远地看到我，就高兴地向我不停地招手，似乎忘记了自己危险的处境。我急忙用手势向他示意："小心，日本鬼子就在后山!"当我来到他眼前时，他从口袋里掏出一个64开大的本子，上边密密麻麻地印着好几种文字，他指着一行中文"游击队在哪里？"用询问的目光看着我，我摇了摇头；他又指着另一行："游击队离这有多远？"我还是摇摇头，他流露出失望的眼神。我接连打了几个手势，意思是告诉他："不要轻举妄动，要耐心等待。"

敌人抓不到美国飞行员，更加疯狂了。连日来，出动飞机在新界南北进行侦察和搜索，地面也加强了兵力，反复进行搜查，并召集九龙新界的老百姓"训话"，声言要知情者把美国飞行员的行踪举报出来，否则"格杀勿论"。在这紧急关头，港九大队手枪队采取了一系列"调虎离山"的行动，为美国飞行员解围。在队长刘黑仔亲自率领下，手枪大闹敌人心脏，深入启德机场炸飞机、炸油库、贴标语、撒传单、剪电线、袭据点，用"麻雀战"骚扰敌人，果然迫使敌人不得不将搜捕飞行员的部分兵力撤回市区。

一个星期过去了，搜捕的敌人还没有全部撤走，但情况已经松了许多。我通过封锁线找到了手枪队，向队长刘黑仔汇报了掩护克尔中尉的经过。刘黑仔决定马上派人护送克尔中尉去港九大队队部。在一个漆黑的夜晚，我把克尔中尉移交给手枪队，由他们护送到港九大队队部，部队派了人照顾他，与他共同生活了 20 多天。照顾他的谭天翻译天天和他谈游击队为何可以生存在强大的敌人的包围中，克尔中尉许多疑问都得到了回答，使他了解了中国人民不屈不挠、前仆后继的抗战精神。小战士陈勋领了五毛钱生活费，拿去买了糖果送给克尔中尉吃，克尔中尉非常感动。他对东江纵队《前进报》记者说，像陈勋这样天真、活泼、能干、懂事的孩子真是世间少有，陈勋送给他的糖，他要带回桂林去给航空队的战友们吃。

克尔中尉经东江纵队司令部派人护送回桂林。他给东江纵队来信谈道："为了救我，你们一定动员了许多我所看不见的力量。我要和你们做永久永久的朋友。你们的蔡大队长是能干的领导，黄冠芳队长是敌人心目中的头号大敌，刘黑仔队长是我再生父亲，谭翻译是我精神上一刻不可少的朋友，那女同志、小同志，我真愿意把他们带回美国去，把他们的神奇本领亲自介绍给美国人。当然，这是不可能的。但我可以写本书描述我所知道的和感受到的一切。""中国抗战已赢得了全世界的敬仰，而我们美国人亦以能与你们兄弟般一同作战而自豪，在战争里以及在和平时期，我们永远是你们的同志。"

1984 年，美国总统里根来华访问，他在上海复旦大学发表演讲，追述"二战"年代，他说："我们和你们并肩抗敌，在座的有些人会记得那时候的情况，会记得美国的陈纳德将军率领空军，飞越半个地球前来助战的事迹。有些飞行员在中国上空，机毁人伤，你们还记得那些勇敢的小伙子吧，你们把他们藏起来，照料他们，包扎伤口，你们救了他们很多人的命。"

抢救美国飞行员伊根中尉[*]

罗雨中

    1944 年春的一天早上，美国的一批飞机根据我们所提供的情报，对香港、九龙的日寇军事目标进行轰炸，但其中一架美国飞机被日军高炮击落掉进新界海面，被我港九武工队在附近沿海活动的两位武工队队员发现了，看到飞行员跳伞，他们急忙驶船赶去营救。

    正在此时，一艘鲓仔船也在附近海面作业，老渔民周二突然发觉一朵白云散开降落，他大声对儿子说："快看，降落伞，一定是美国飞行员被击落了，快起网，救人要紧。海上队中队长、指导员不是经常告诉我们吗，发现盟军要抢救，看到特务要抓，要迅速向部队报告。"他们父子拼命地驶帆、摇橹，儿子进船舱拿了几个鱼炮出来，以便必要时和敌人拼。帆船乘风破浪前进，快接近飞行员降落的海面，恰

---

  * 本文原标题为《抢救美国飞行员伊根中尉的经过》，收录时做了适当修改。

好武工队队员也到达了，齐心合力把飞行员抢救上船。飞行员很紧张，我们武工队队员一边做手势一边说："不要怕，我们来救你。"飞行员虽听不懂说什么，但从他们的举动及自己所处的此时此景已领会了营救他的善意，于是听从指挥，藏进船舱，并用渔网、烂被密密遮盖了身子。渔船迅速向着牛岛、鹅公湾、南澳方向直驶，这时日军的两艘巡逻艇马达声越来越近，敌人已在海上大肆检查船只、搜捕飞行员。老渔民蛮有把握地叮嘱："不用慌，不用理他，扯大帆前进，快点找到海上武装船！"日军巡逻艇疯狂地逢船追查，情况十分紧张，两个武工队队员的手枪、手榴弹，渔民的鱼炮都已准备好，必要时与敌人拼搏。当时海上船只较多，日军到处鸣枪威胁一切船停驶。在情况万分紧急的时刻，忽从右方闪出两条扯帆大木船，渔民一看便认出是我们海上队的武装船，高兴得跳起来："得救了，我们海上队来了！"渔民船上的武工队队员立即向中队长报告："中队长，有情况，前面有渔船求救，后面日军巡逻艇搜船。"中队长下紧急命令："大家准备战斗。指导员、中队副指挥二号船保护渔船航驶，一号船由我及陈小队长负责监视和阻击敌人。"我们准备好战斗，就开快船向鹅公海岸驶去，准备在敌人追来时，我们能够很快登岸战斗消灭敌人。但狡猾的日军追到一定距离，发现我们是港九海上队武装船，他们早已领教过我们的伏击，怕再被消灭，不敢追来，只好掉头继续搜查其他渔船。

我和中队长欧锋、指导员黄康、中队副王锦一起跳上渔船，两个武工队队员及渔民把抢救的过程及飞行员藏在舱底的情况告诉了我们，我用英语向飞行员讲话："我们是东江纵队在港九新界地区活动的港九人民抗日游击队，是中国共产党领导下的抗日部队，奉命配合盟军打击日本侵略军。我们是朋友，是来救你的，你不用怕。"飞行员仍然不敢出来，也不说话，我又对他讲话："你不用怕，你现在已到达很安全的抗日游击区了，我们都是同一战线的盟军，共同消灭日本法西斯，我们完全可以保证你安全，还要送你回国去。"渔民帮着把盖在他身上的渔网、破布拉开，让他出来，飞行员跪在船板上，双手把他的手枪递交我们。他用半信半疑的眼光打量着我们，然后说话了："你们真的是打日本军的游击队？"我说："真的，我们不会骗你，你知道我们的游击队员和渔民刚才是怎样冒着生命危险来救你的吗？他们还准备好几捆鱼炮和日寇拼命呢！你没听到刚才日军巡逻艇追来抓你，被我们正副中队长、指导员带领海上战士们把它打退，才安全把你救出来吗？现在由我们保护你，你把枪收好以作自卫，你又不是敌人，怎么要缴枪呢？等一会儿我们登岸到中队营地休息，吃完饭后再向我们司令部曾生司令报告，请示安全护送你回国。"飞行员十分感激地与渔民父子和我们一一握手道谢。

　　我们到达南澳海上队的营地。为了迎接和招待这位盟军客人，我们叫司务长买了鸡、十多个鸡蛋，加上自己种的很漂亮的鲜番茄、土豆和油黏米，我教司务长做出了"西餐"，我和正副中队长、指导员陪他一起进餐，用筷子、瓦汤匙当西餐具。他一边吃一边询问我们不少问题，我们都一一做了解答。他很高兴，说："我有个请求，我太感谢你们全体官兵了，我这里没有好报答，只有这些（指他的背包）糖果饼干，请代我分给士兵们吃，以表示我微小的谢意，也表示我兄弟般的情意。"

夜静了，但飞行员辗转反侧不能入睡，他说："柳先生（我原名柳青），我不妨碍你睡眠吗？你愿意和我再谈一会儿吗？"我说："可以，不必客气，这是难得的机会，畅谈个痛快吧。"我给他又讲了许多我们游击队的情况。他说："柳先生，你的谈话使我十分感动，使我详细了解到你们抗日游击队是我们真正的好朋友。我们祝愿，在共同打败法西斯后，我们再高兴相会。"

第二天，我们领着中尉飞行员到各班排营房参观，他热情地向战士们问候，不停地感谢大家对他的营救。他十分认真地观察我们的一切，包括战士的体质、衣着、生活、学习及所用的枪支弹药。他看着我们各式各样五花八门的武器，感慨地向中队长说："你们真是了不起，拿这些残旧武器同强大的日军作战，还能打胜仗，消灭敌人，这是奇迹，真不可思议，你们真的是钢铁汉啊！""对你们游击队的情况，如果不是我今天亲眼看到，谁告诉我也不会相信。你们真是传奇式的军队，给我的印象确实太好太深刻了，我十分敬佩你们，请接受我衷心的致意。"

当第三天早上我们护送他到我们司令部时，他依依不舍，感激地流出了热泪，边走边回头向战士们挥手道别。

营救被俘英军军官

江 水

1942 年 1 月，我们完成了营救和护送抗日进步文化人士和民主人士的任务后，又接受了到九龙启德机场营救英国战俘的任务。

我当时是港九大队短枪队的中队长。接受了营救英军战俘的任务之后，我和队员们开了一个会议，研究如何营救英军俘虏。当时英军的战俘多是关在七姊妹集中营，有时派出部分战俘出去做苦力，参加劳动。关在启德机场的英军战俘，参加劳动的为数不少。我们决定先派人侦察，再制定袭击方案。队员廖添胜主动请缨，要求派他去机场侦察，他说："我自幼在香港长大，也曾多次在飞机场做工，对机场地形熟悉，我会想办法混进飞机场去，将情况了解清楚的。"廖添胜作战勇敢，每次战斗他都冲锋在前退却在后，每次都出色地完成了任务。他略懂英语，可以与英军俘虏进行沟通联络，这是有利的条件。我当即决定派廖添胜去，摸清机场敌人岗哨、巡逻的规律，英军俘虏关在哪里、是否参加机场劳动，并想办法联络英军俘虏，告诉他们做好配合营救的准备。

廖添胜化装成卖烟的小贩，和修机场的民工混在一起，进入了启德飞机场。一进入机场就高喊："卖烟啦！卖烟啦！有老刀牌香烟！有帆船牌香烟！还有三个五牌香烟！买烟的快来呀！"一路喊，一路侦察敌情。他发现，日军入侵香港时炸坏了的飞机场地下设施，现在有大批工人在修整，整个机场范围内修建了防御工事，架有通电的铁丝网，四周设有不少岗楼，岗楼上有固定远眺的哨兵，还有许多明碉暗堡，并设有多座探照灯，还有一队队日本的巡逻兵。英国的俘虏兵也参加劳动，对他们防范似乎不那么严。廖添胜正在仔细地观察，突然有个日本兵喊："卖烟的，你过来！"一个端着步枪的日本兵向廖添胜吆喝着。廖添胜心里有点紧张，他想："难道被发现了？但行动没有破绽，怎会被发现？不会的，江水队长不是说要胆大心细吗？"于是他从容地迎上去说："太君，你的抽烟？"日本鬼子说："唔！什么香烟？统统地拿过来。"廖添胜只好将全部香烟端给他看。日本鬼子拿起两包烟看了一看，闻了一闻，然后说："唔！三个五顶好顶好的。"拿了两包烟，头也不回就走了。廖添胜出了一身冷汗。他继续侦察，嘴巴里仍然叫喊着卖香烟。走着走着，他走到机场南面，看到一条臭水沟流向大涵洞，他眼睛一亮，这涵洞口直径有 80 厘米，人是可以爬进去的，但就不知道涵洞里的水有多深。廖添胜假装小便，拉着裤子向前侦察，他见涵洞里的水不深，英军战俘完全可以从这个涵洞口爬进去，从出口处爬出来，出口处就在海边。他对这个发现非常高兴，完成了侦察任务后返回营地。

廖添胜向我仔细汇报了侦察情况以后，我决定采取爬涵洞这个营救方案，这是比较安全和保险的。第二天，我仍然派廖添胜进飞机场，要他千方百计和英军战俘联络上，将我们营救的方案告诉他们，请他们密切配合，大胆放心爬涵洞，我们在出口处接应，非常安全，爬出涵洞就得救了。廖添胜仍然挎着烟箱混进了启德机场，走到英军战俘参加劳动的地方卖烟，看到一个高高大大、肥肥胖胖的英军战俘，廖添胜估计，这可能是一个军官，便故意卖烟给战俘，低声地用英语告诉这位肥胖的战俘：游击队要营救他们。并告诉他下水道的方向，叮嘱他们放心爬涵洞，游击队在出口处接应；告诉他要相信游击队诚心诚意营救他们，行动越快越好，要求他们当天晚上就开始行动。廖添胜和英军战俘接上头以后就回队部了。

夜静悄悄的，我派出短枪队小队长赖章和廖添胜等四人，分两组埋伏在下水道出口处两旁等候，我带着其他队员在较远处接应。等到半夜，还不见人影。廖添胜心急如焚，想爬进涵洞去看个究竟，刚到洞口就隐隐约约地听到低沉的蹚水声，廖添胜高兴得心几乎跳出来，就蹲在洞口守着。隔了一会儿，又把头伸进洞，只是听到低沉的蹚水声，但老不见有人爬出来。廖添胜想爬进去看一看，但黑乎乎一点也看不清，在旁的赖章拉住他细声叫他耐心等待。不一会儿，"哗啦——哗啦"声很响，见到有一肥一瘦两个英军战俘手脚并用，拼命地向洞口爬来。游击队员高兴极了，营救成功了！廖添胜见那个肥胖高大的英军就是上午和他接头的，便轻轻地拍了两下手掌联络暗号，对方也拍了两下手掌。廖添胜迎上前去，和他紧紧地握手，并问出来多少人，后面还有多少人？英军答只有他两人，是打头阵，了解情况的。如果安全脱险，后面会有大批人。实际上，他们对游击队半信半疑，所以才出来两个人。

游击队员领着被营救出来的两名英军蹚过水沟，海水齐到胸前，可以慢慢走。但是英军逃出生路，高兴极了，一会儿蛙泳，一会儿潜水。在夜幕的掩护下，我们从牛头角上岸，沿着海边来到鸡寮村，本来打算就在这个村里休息一会儿，但是大家的衣服湿透了，冷得直打战，只好继续上路，走着热身，抵御寒冷。两名英军没有走过夜路，不时跌倒，但是他们不气馁，为逃出牢笼所鼓舞，跟着游击队员往前走，经过了鸡寮村、井栏树，过南围到北围。走到天刚亮，到了西贡圩"不夜天"咖啡店交通站，大家才松了一口气。将两名英军接到楼上，交通员送来了面包和牛奶，英军走了一夜的路，又疲劳，又饥饿，狼吞虎咽地吃了个饱。游击队员古天蓝曾当过海员，会英语，他当翻译，介绍肥胖高大的英军是个上尉军官，名字叫汤逊。汤逊抑制不住内心的喜悦，知道游击队真正救了他，游击队是可以信得过的。我问汤逊上尉："怎么你们才出来两个人?"汤逊上尉歉意地笑了一笑说："我们两个先试逃生路看是否安全，我们俩不出事，不会被日本鬼子抓回去，他们就会放心，今天晚上会大批出来的。"早晨的雾散了，太阳已升起来了，我亲自将汤逊他们俩送去港九大队队部。乘着我们水上交通员袁容娇母女的小船，从西贡到北潭涌，上岸后翻山越岭爬过北潭坳，到达赤径大队队部。大队队部又把他们转送到游击队总部，送他们回国。

当天，我带领队员匆匆忙忙赶回西贡，又到启德机场下水道出口处接应英军战俘。这天晚上又是爬出来两名英军战俘。他们太小心翼翼了，每次只出来两个人。第三天晚上，我们出发再去接应英军战俘，远远望见日军在下水道出口处的海边巡逻。显然日军已知道少了四名英军战俘，提高了警觉，并发现下水道的秘密了，涵洞口受到严密监视。

至此，我们营救启德机场英军战俘的工作只好暂告一段落。

与盟军的情报合作*

袁　庚

太平洋战争爆发香港沦陷后，东纵在大力营救盟军人员的基础上，建立起与盟军的情报合作。

率先与东纵建立情报合作的是英国。此事缘起东纵援救过89位国际友人，特别是逃离香港集中营的英国人士，其中包括后来成为英军服务团发起者的赖特上校和要员祁德尊。1942年7月，经英国国防部批准，英军服务团在桂林成立，赖特即任上校指挥官，祁德尊则被任命为惠州前方办事处主任，自此开启了东纵与英军服务团并肩援救盟军人员、互通军事情报的合作。赖特对东纵深怀敬意，战后曾由衷地表示："如果没有你们的帮助，我们不会做出什么工作来的。"

1944年2月，美国陆军第十四航空队空袭香港启德机场

---

*　本文原标题为《东江纵队与盟军的情报合作》，收录时做了适当修改。

时，中尉飞行员克尔因战机中弹被迫跳伞，幸遇东纵港九支队"小鬼队"营救，藏匿于九龙的一个山洞内近一个月，躲过日军一次又一次严密的搜捕，乃得虎口余生，经游击队送回桂林。克尔将历险报告给美国驻华第十四航空队司令陈纳德将军（即著名的"飞虎队"队长），请示华盛顿后决定与东纵进行情报合作。

1944 年 10 月初，欧戴义持陈纳德及克尔的感谢信，经美国第十四航空队驻韶关办事处主任林露弼介绍，前往东纵要求合作。10 月 9 日东纵请示中共中央，13 日中央复电同意。

东纵根据中央指示，相应地设置了一个联络处作为特别情报部门，并任命我为处长，主管广东沿岸及珠江三角洲敌占区的情报工作，同时负责与欧戴义联络，交换日军情报。欧戴义观察组的电台与第十四航空队乃至与美国太平洋舰队总司令尼米兹上将直接联络，欧戴义的公开身份是美国陆上技术资源委员会代表，但我们发现与其同来的报务员竟是国民党特务，他暗中蓄意破坏并向国民党发报，我们征得了欧戴义同意，以我们的报务员江群好取而代之。联络处组成之日，正是盟军在太平洋大举反攻之时。与之相应，情报组规模迅速扩大，人员发展到 200 多人，情报点网纵横交错，遍布从香港到广州、从潮汕到珠江西岸的整个日占区，有效地配合了盟军在太平洋的反攻。

到了 1944 年秋冬，盟军的反攻有了更大的突破：11 月，美国 B – 29 型飞机首次自马里亚纳群岛基地起飞轰炸东京；12 月，美军在菲律宾莱特岛登陆告捷；同时，美国第四舰队以香港为中心的华南登陆作战计划也渐次形成。美方日趋迫切地要求东纵为配合反攻而收集日军情报，而欧戴义也加强通报关于太平洋美军反攻态势的情况。与此同时，延安通过南方局下达的收集日军沿海情报的要求和指示也愈见频密。

为了配合盟军的反攻和登陆，东纵的无名英雄们在看不见的战场上展开了极其艰苦而又卓有成效的工作，给美军第十四航空队及在华美军司令部提供了大量的、精确的情报，其细致部分甚至包括华南日军战斗序列中队以上的人头材料。据不完全统计，1944 年东纵向美军提供的重要情报有：日军广州天河、香港启德、西乡南头机场图例及说明，日军重要军事目标照片，太古船坞建造计划图例，虎门一带日军巡逻船等报告。1945 年有：日军舰队密码，日陆军符号与命令，日军五十二部队情况，日"波雷"部队一二九师团秘密南下及布防情况，广九沿线工事图解，石龙以南、大亚湾海岸区、稔平半岛、太平、虎门、新界等地日军工事图，广州外围龙眼洞区日军工事图，香港及广州日军防卫力量与意图的详情，日军"神风"特攻队 K2 飞机图纸，日军 K·1·84 飞机图解，日军 M 型运输舰图解与说明，香港日军机关、油库、船坞详图，香港启德机场图例，香港太古船坞图例，香港海防详图，3 月份日伪香港政府情报总结，日伪香港政府第 36 号及第 40 号情报，日军华南司令部宣传计划，日广州货仓、船坞、工厂与政府机关的表册，日广东化学工厂与目标图样，白云机场图例，沿海机场电油样本，稔平半岛以东至惠来一带的海岸与海滩图等等。

1944 年 12 月的一次行动，则直接关系着尼米兹上将的第四舰队和陆军第十四航空队对香港日军的联合轰炸。为了达到轰炸效果而又不伤害平民，盟军通过欧戴义要求我们事前提供准确轰炸目标资料，事后提供轰炸效果。我们立刻进行了布置，并于第一时间将轰炸目标的情报送出。情报内容涉及日军在启德机场的机库，香港海面的舰艇型号、活动规律，鲤鱼门炮台、青山道军火库准确方位图，这些轰炸目标均远离民居。在预定的轰炸日期之前，为了获得轰炸效果的第一手情报，我和欧戴义商量并经曾生司令批准，组织了一个小分队到沙鱼涌附近屯洋村隐蔽下来，然后兵分两路，欧戴义和电台由少数短枪队保护留下，我和两名侦察员渡海经塔门进入九龙半岛，我们三人在港九支队护送下昼伏夜行，于预定轰炸之当日凌晨悄然攀上启德机场后面的钻石山，迅速隐蔽于树丛中，焦急地等待天明。

当太阳从东面的海上跃出，视野顿时清晰起来之时，我看到我们准确无误的侦察效果：启德机场的跑道上停着两架日军飞机，中环海面泊着三艘补给舰和两艘巡逻艇，位置一如情报所示。不一会儿，在东面三门岛方向的上方出现了我们所期望的黑点点。黑点点越移越大，于是鲤鱼门炮台和机场东侧高射炮、高射机枪便轰轰地乱放起来。我们正前方的天空不断地闪射出一团团刺眼的亮光和一簇簇白色的烟朵，继而更响起一片混杂的爆炸声。爆炸声里，那三艘补给舰黑烟滚滚、火焰熊熊，其中一艘开始倾斜渐渐地往下沉。机场跑道上的两架军机企图起飞升空迎战，一架美国飞机俯冲而下将其中一架击中，当即喷着烈火撞向跑道外侧的一座建筑物。于是，消防车来回呼啸、日军狼奔豕突，港九地面上空如沸如汤的画面令人目不暇接。盟军飞机投下的炸弹，把鲤鱼门炮台的高射炮也打哑了。第一轮轰炸之后，地面除了浓烟处处之外，一片沉寂。

中午 12 点左右，盟国机群再度飞临上空，开始了第二次空袭高潮。这次有一架美机不幸中弹，坠毁于昂船洲附近，飞行员跳伞，在尖东被俘。

夕阳西沉，我们沿小径走下钻石山，潜入市区，交通员引我们去汉口道的一个情报点接上了头。翌日，乘着人群混乱，我们折回界限街，赶紧和几个地下联络点接上关系，整理出一份关于昨天空袭效果的报告。入黑后，我们循原路经马鞍山返回塔门对面的深涌，乘船回到屯洋，欧戴义已在岸边焦急地等待着，他对轰炸效果调查材料如获至宝，当即向第十四航空队和第四舰队发报。

1945 年 3 月，欧戴义电台获悉，尼米兹将军将要选择华南登陆点。接到欧的通告后，我们异常兴奋，当即派出一个小分队待命，准备协助美军在汕头和汕尾之间开展工作。同一时期，美国海军甘兹上尉持陈纳德介绍信，率一个六人小组来到东纵，又想在大亚湾和汕头之间勘测一个适合美军登陆的滩头阵地。而我们的人发现日军在汕头两岸及东山岛均筑有洞穴工事，遂编绘成图。正当我们协助甘兹上尉在沿海进行工作之际，江村和东莞等处的情报站侦察到日军番号为"波雷"的部队出现。"波雷"部队原驻武汉长沙之间，是一支精锐的机动部队，当时日军已判断尼米兹舰队将进攻华南，故迅速命令"波雷"一二九师团兼程南下广东，他们昼伏夜行，电台完全停止工作。美军正苦于"波雷"部队突然消失得无影无踪，无从测知其动向，得到东纵的情报如获至宝。后来，他们对情报做出高度评价："这些情报是重要的，实际上是有生命力的，因为它揭露了敌人的企图和活动。帮助了我们的指挥当局取得更好的结论和计划。"又致谢电说："你们关于'波雷'部队一二九师团的情报对我们会有帮助。你们报告的该部队的指挥官姓名及其师团部在淡水的情报是我们所得唯一的报告。"由于我们提供日军在广东东部沿海反登陆部署的情报，尼米兹上将修改了他原来的登陆计划。接着不久，美军投向日本广岛、长崎的原子弹爆炸了，华南登陆计划只好放进五角大楼历史档案中。

美方盛赞东纵联络处是"美军在东南中国最重要之情报站"，陈纳德将军和欧戴义本人也曾多次致函曾生司令："你们经过袁先生的部门所做的情报工作是有显著的成绩的"，"对于你们曾做过的工作，我们感到极为满意，请把我的深切情意和尊敬向袁先生及他的工作人员表达"，"这赞扬与真诚的尊重已属于你及袁先生所建立与管理的优良组织，对于这些，没有一个赞扬的字是多余的。"

盟邦的感谢是东纵的光荣，而光荣是用无数英雄的生命铸成的。东纵与盟军进行情报合作都已成为过去，永存的只有那座伟大的全人类反法西斯斗争的神圣祭坛。

英勇战斗在水乡

何　清

　　1944 年 8 月，东江纵队任命谢阳光为东纵第三大队大队长，我为第三大队政治委员，同时决定第三大队于短期内开进东莞水乡，大力开展水乡游击战，狠狠打击日伪军，配合东莞山乡的斗争，打通与增城游击区的联系，为东纵开辟一条由东莞至增城的交通线。

　　9 月 19 日是中秋节前一天，第三大队于深夜 10 点后到达水乡，分驻低涌、凌屋村。伪军刘发如的据点高埗离凌屋村和低涌都是 1.5 公里，高埗后面的据点企石离低涌仅 600 米，李潮匪部的据点冼沙离低涌和凌屋村都是 3 公里。我们部队如打夯一样插入群敌腹地，敌我双方近在咫尺，形成针锋相对的局面。

　　部队到达低涌的第二天，驻企石、高埗的日伪军就迫不及待地要拔除这颗眼中钉。匪首刘发如令其得力干将刘奇统领 300 余人，于下午 4 点左右，分乘几艘小船渡过高埗河，喊打喊杀地向低涌冲来。我军得悉敌人要来进攻的消息，便和当地民兵一起进入预定阵地严阵以待。当敌人气势汹汹朝我军第一线阵地冲上来时，战士们就利用低涌前面的大片坟地和几间独立房屋为依托，以猛烈的火力给敌人以迎头痛击，一下子就把冲在前面的五六十人打得四散逃窜，接着又打退了敌人的第二、第三次冲击，敌人原来那股凶狠劲全都消失了，只好夹着尾巴向高埗败退。我部抓住时机立即反击，只上去两个排就把敌人打得落花流水，跑在末尾的五六十个敌人纷纷跳进河里泅水逃命，刚到河中间的那条敌船也被我军打翻，只因河对岸敌人有密集火力做掩护，他们才幸免一死。我军到水乡的第二天就打了个大胜仗，战果虽小，但政治影响很大，水乡各村纷纷组织起民兵和农会，青年纷纷前来参军，部队不断发展壮大。同时震慑了敌伪，他们不敢轻举妄动，使我们赢得了时间，大力开展初进水乡的各项工作。

10 月 14 日下午 3 点多，暗中与我军有联系的潢涌伪军黎林派人送来情报，说石龙日军一个中队明天上午到达潢涌，要他们配合向我低涌进攻，叫我们做好准备。我们根据日军通常早出晚归的作战规律，决定设法把交战时间拖延到下午 4 点钟以后进行，待黄昏一到，鬼子就会自动撤走。我们想了个点子：估计鬼子明日上午 10 点到潢涌，便叫黎林设法弄点好酒好菜，招待他们吃午饭，故意把做饭菜的时间拖长，让他们到下午 3 点钟左右才吃完饭，饭后从潢涌走到低涌也就4点了。第二天上午日伪军开到潢涌后，黎林沉着应付，并献殷勤地说："皇军辛苦了，很久未到潢涌，我们正准备酒菜慰劳慰劳，吃过午饭再去无妨。"日军不知是计便同意了，等到鬼子食饱饮醉又休息一会儿之后，已是下午3点多钟了。这时，黎林才派他的得力小队长黎国兴带路向低涌走来。到了三等村附近，带路的黎国兴又故意捉弄日军，他指着左边那条路对翻译说："这边有共军地雷，那边河深过不去，前面也是游击队设下的地雷区，我们得绕道走。"之前我们在三等村至低涌之间的田埂上不规则地插上一些小红旗，布下疑阵，迷惑敌人，而在低涌附近埋了一批真地雷。鬼子不敢冒进，只好跟着黎国兴七拐八弯地转来转去，到了离低涌很近的三等村已是下午4点多了。我军早已严阵以待，机枪步枪一齐向敌阵射去，低涌群众和民兵又鸣锣击鼓，吓得日军惊慌失措。双方枪战20分钟，日军拔腿而逃。

击退日军后，我军士气大振，坚定了我们攻打伪军据点冼沙的决心。考虑到这是我军进入水乡主动出击的头一仗，遂请求支队派部队支援，大队长沈标率张发兴中队120余人前来参战。11月20日晚上11点，部队从低涌出发，次日凌晨1点到达冼沙，半小时内完成了对敌人各驻地的包围后，战斗立即打响，爆破组用炸药爆破伪军"抗红义勇军"第六团团长李女的驻地，并擒住了他们夫妇俩。其他驻地的敌人虽拼死顽抗，但都无法抵挡我们部队的勇猛突击，拂晓前守敌悉数被歼。莞城、石龙及水乡各地的敌伪无不受到震慑。

我军攻打冼沙，捅了"抗红义勇军"司令李潮的老巢，歼灭了他的主力，活捉了他的兄嫂。李潮听说后气得咬牙切齿，扬言一定要荡平低涌，为其兄报仇。11月28日，李潮亲率五六百人从石龙出动，上午9点半钟到了芦溪，企图先把我驻鸭仔滘的部队打掉，然后集中兵力攻打低涌。黎敏中队在莫浩波同志指挥下，打得十分英勇顽强，激战一个多小时，敌人始终无法占领鸭仔滘，仅隔河对峙。李潮只好留下部分兵力隔河监视，集中460余人直攻低涌。中午11点左右，低涌战斗打响，一直持续了两个多小时。大队长谢阳光指挥部队和民兵牢牢守住阵地，使李潮匪部拼死搏杀也打不进来。此时，敌人也向我军开展攻心战术，大声喊着："放下武器吧，放出李女团长，保证你们的安全！"敌人喊一轮，我部队和民兵就回骂他们一轮："你们有本事就进来吧，李女正等着你们抬出去呢！"喊完话，双方便又"啪啪砰砰"对打起来。

下午3点左右，敌人冲过河来放火烧低涌的北闸门，我军坚决回击，把火攻北门的敌人打了回去。当敌人再次准备火攻的时候，我带领部分部队从低涌后面的河涌上岸回到大队部，并接替实在太累了的大队长指挥部队作战。我立即派人分头到鸭仔滘、潢涌，通知黎敏中队和黎林中队立即出击，从李潮匪部的右侧打过来；同时命令袁康中队派出一个排从低涌的后门出击，与他们互相配合夹击敌人。

他们出去后不久，李潮匪部再次火攻低涌大门的战斗又开始了。战斗正打得激烈之际，突然，敌人的右侧枪声大作、杀声震天，我们从外面出击的部队打回来了，这时连同潢涌黎林部队共300多人，潮涌似的向李潮匪部包抄过来。李匪见势不妙，掉头就跑。我守卫低涌的战士和民兵立即打开大门也向外冲，里外夹击。因低涌村前隔了两道河涌，又无船艇准备，等我部冲过了河，匪徒们已跑过冼沙后面去了。这是进入水乡以来最激烈的一次战斗，粉碎了李潮匪部的反扑，保住低涌，水乡斗争开始转向主动。

高埗离低涌只有3里，是伪军刘发如的一个重要据点，也是我们必须拔除的一个据点。伪军200余人据守着东、南、西、北四座大楼，四周河涌环绕地形险要，且离莞城和刘发如的大本营都很近，敌人前来增援也容易。因此，我们打高埗必然是攻点和打援同时并举，支队派主力大队队长沈标、政委李少清带领该大队3个连全部400余人前来参战。

1945年1月18日夜10点左右，部队从低涌出发，渡河到了凌屋村背后稍事休息，整顿队形后，即向西直插高埗，迅速将东、南、西、北四座大楼切成四块分割包围。此时已是19日0点15分。北楼之敌较弱，我们先攻打北楼，地雷爆破成功，仅半个多小时就全歼守敌40余人。我军攻陷北楼之后，东楼之敌开始动摇，我们在猛烈火力袭击下展开政治攻势，50多名敌人全部放下武器出来投降。我军越战越勇，在集中兵力加强对南楼之敌围困的同时，展开对西楼的攻击，于拂晓前全歼西楼之敌40余人。

南楼之敌人数较多，战斗力也较强，妄想负隅顽抗，但已成瓮中之鳖。19日清晨6点半左右，当我们准备最后消灭南楼守敌时，刘发如匪部派来的援兵400余人到达莫屋村和石美，向我据守园洲寮仔炮楼的"小鬼班"猛烈攻击，企图打过江来接应高埗之敌突围。战斗非常激烈，我们"小鬼班"的同志年纪虽小，但在强敌面前毫不畏惧，打得十分顽强，敌人屡攻不动，过不了河，只在河对岸对战。高埗南楼守敌见其援兵已到，以为得救，突围在望，更是拼死顽抗。整个战场攻点和打援的战斗都十分激烈，枪声密集，杀声震天。我们打援部队尚未到达，敌援兵六七十人已经冲过河来，包围了"小鬼班"，并放火烧楼，顿时浓烟冲天。此时，除班长刘坚尚有几颗子弹外，其余九人的子弹手榴弹已全部打光，但小同志们个个宁死不屈奋战到底，他们连人带枪纷纷从高楼跳下河里，壮烈牺牲。班长刘坚虽被烧成重伤，仍坚持到最后一分钟。正在此时，我军两支打援队伍来到，敌人见我军来势勇猛，立即渡河逃命，其余全部援兵也吓得掉头向严屋、大汾方向逃跑。

打退敌人援兵后，南楼之敌已陷入绝境，在我们政治攻势下，缴械投降了。

高埗的胜利，我军扬威水乡，直接震慑敌人的营垒。一个新的水乡便在敌后巍然屹立起来了。

横扫莞太线

黄布 李征

1945年8月8日，苏联对日本宣战。8月10日，延安总部发布大反攻的命令，并向日军发出最后通牒，限期投降，若负隅顽抗，即坚决消灭之。遵照延安总部的命令，东江纵队也向日军展开了进攻。在此情况下，中共东（莞）宝（安）县委会在宝太线的燕村召开了紧急会议，决定第一支队由支队长黄布和政治处主任李征率领，向莞太线主动出击。

莞太线全长70余里，沿线各据点及水乡驻有日、伪军及护沙队共2000余人。我们接受任务后，当即召集了大队军政干部会议，对战斗行动进行研究，决定集中优势的兵力，打击敌人兵力最薄弱的一环，拔除突出在我区的敌据点，威慑据守在虎门要塞的敌人，于是选择了官涌坳的伪军来"祭旗"。这里位于太平东南方5公里，是驻太平敌人的"后门"，又是连接宝太线上另一据点北栅的枢纽。

8月12日黄昏，我们率队从大径出发，抵达佛子坳分水岭时分头前进，第三大队（"猛虎"大队）由政委何清率领，负责堵击太平方面的敌人援军，并袭击北栅伪军；我俩带着主力"猛豹"大队继续朝官涌坳疾进。部队经过数十里的行军后，夜11点左右进入战斗位置，张法兴中队和袁康中队分别负责攻击官涌坳的左、右两座山头。12点左右开始接敌，突击队开道前进，爆破手拿着炸药和燃烧瓶跟进。一声巨响打破了沉寂的夜空，张法兴中队用炸药把敌人的鹿寨炸毁了，袁康中队也接上了火。与此同时，北栅方向也响起了枪声。张法兴中队突入了敌人阵地，以突然的袭击将敌人打得晕头转向，纷纷束手就擒，少数企图顽抗的被我们的战士刺死于刀尖之下，不到15分钟就解决了战斗。

　　在右面山岗上，袁康中队仍在猛烈地攻击敌人，指战员们十分勇猛地向敌人攻击，向敌投掷了一连串的手榴弹，有些手榴弹在敌阵地爆炸了，有的从陡坡上滚下来，也有的被敌人扔回来，战士们立即把手榴弹拾起又掷出去，双方的机关枪都在吼叫，战斗进行得十分激烈。我们立即组织了强攻，集中机枪火力把敌人逼回工事里面，战士们乘势冲上山顶，展开了激烈的白刃战，迅速歼灭了敌人。

　　在战斗过程中，北栅方面的敌人由于受到我们"猛虎"大队的袭击，一直龟缩在据点里不敢出来。太平方面的敌伪军因怕夜间受到伏击，到拂晓时才派出援兵，但已经迟了。太阳升起来了，红旗在晨风中飞舞，我们完成了预定的战斗任务，沐浴着灿烂的晨光凯旋。

不久，传来东纵紧急命令，指出日本即将宣布无条件投降，要我部坚决执行延安总部朱总司令发布的命令：应立即动员全体军民，开入附近敌占据点，解除日伪武装，维持治安，镇压土匪特务的破坏活动，保护人民的生命财产。我们当即在张家山的草坪上召开军人大会，宣读延安总部朱总司令的命令，欢呼声震动着张家山的山谷！然而，由于蒋介石集团与日伪合流反共，日本"南支派遣军"司令部和广州汪伪政权令其所属各部"勿向共军投降"，等候国民党来受降。这样一来，莞太线各据点的日伪军，不仅不理睬我军的受降令，反而气焰嚣张，疯狂向我军反扑。我们路西军民随即投入反攻。张法兴中队和莞太线特派员史明率领部队和民兵攻进了厚街，"猛虎"大队包围了赤岭，另外一部分队伍和民兵包围了翟家村，"猛豹"大队位于厚街和赤岭之间相机出击。

在我们的打击下，驻莞太线各点的敌军已无突围可能，但驻东莞城的敌人可能前来解救被围之敌。我们决定先打援，然后再回头解决被围困中的敌人。据此，我们做了新的部署：除厚街、翟家村仍各用一个中队及民兵继续包围展开政治攻势外，赤岭也只留民兵监视；将"猛虎"大队和"猛豹"大队的全部主力集中起来，转到新基附近，准备给东莞城出犯之敌以歼灭性的打击。8月18日拂晓前，我们主力五个中队进入预定伏击地点，19日中午12点左右，从东莞城出动的一支日军沿着公路走来了，其前卫边走边用猛烈火力向公路东侧山头扫射。我们埋伏在东山的指战员们都很沉着，以高度的耐心等待着敌人完全爬进伏击圈，然后狠狠地痛揍他们！

敌人经过一阵火力搜索，没有发现我军半点踪影，就加快步伐前进了，待接近我们预定的打击位置时，我军全部机关枪齐鸣，猛然撒开了火网，几百名敌人顿时乱作一团，有许多当场死在公路上，有的滚到公路两旁的水沟里。这时，天上突然下了一场倾盆大雨，狂风呼啸，雷电交加，地动山摇，枪炮声、风雨声和敌人的号叫声混成了一片。向敌人扫射了约 10 分钟后，指挥所下达了冲锋令，号兵吹奏着激奋人心的冲锋号，英勇的战士们手持武器，冒着狂风暴雨，像一群下山猛虎扑向公路，敌人无法抵挡，活着的也赶紧扔掉武器，就地跪着举手求饶。

我们乘胜扩大战果，准备解决驻厚街的敌人。但日军小队在前两天配合伪军突围失败后见势不妙，在当天夜里已背着伪军悄悄坐船逃跑了，伪军也吓得魂飞魄散，在晚上从水路狼狈地逃窜了，沦陷七年之久的厚街即告解放。

新基歼灭战彻底粉碎了敌伪增援解围的企图，断绝了被围敌人固守待援的一切希望，我们不顾连日作战的疲劳，又把赤岭的伪军一个营紧紧地包围了。我们写了一份通牒，着一名俘虏将其送往赤岭伪营，命令其无条件投降，并同时充分做好进击的准备。敌人收到通牒之后，仍然固守着据点，既不投降，又不答复，既不打枪，也不还击。我们估计敌人可能正在研究对策，为向敌人施加更大的压力，我进击部队以小组为单位，白日接近敌人，展开单枪特等射手的狙击。这一行动收到很大效果，据守赤岭山岗工事的敌人，在我特等射手的狙击下，都龟缩在里面，不敢露出半点身影。

一天下午，我们的战士向山岗上敌工事射击，一枪打着了敌工事里的草棚，立即浓烟冲天，烈焰腾空，迸发出几响猛烈爆炸声。一瞬间，草棚化为灰烬。后来才知道，这是打中了敌人放在草棚内的迫击炮药包引起炮弹爆炸。但是敌人仍然没有向我军投降的表示。为了更进一步逼迫敌人投降，入夜后我们组织迫近作业，迅速地把作业线推进到赤岭村前，距敌只有几十米，紧缩了包围圈，接着展开了强大的政治攻势，并利用在翟家村向我军投降的伪军连长在阵前喊话。

翌日清晨，敌人仍未投降，许多同志已经忍耐不住了，纷纷要求实行总攻击。我们估计敌人此时已经山穷水尽，走投无路；但为了避免不必要的伤亡，仍决定暂不总攻，并临时撤去南面之围，以便于掌握敌军动态。

正午时分，我们进驻厚街的工作人员，带了一名商人模样的人到指挥所来。此人见到我们后，赶紧点头哈腰说："报告长官，我是赤岭驻军的副官，代表敝营营长王铁汉前来接洽投降事宜。贵军包围得太紧了，我们想出来接洽都出不来……"又说："敝营王营长提出请求给予几天的时间考虑，这样宽限几天，我们以后好对上司交代。"显然，敌人仍在打鬼主意，既怕被歼，又想待援解围。我们立即揭破其诡计，"限令你们于明日 12 点以前向我投降，绝不拖延。你们应立即派出全权代表前来谈判向我军投降的细则。"

伪副官走后，我们便在赤岭叶屋村乡政府设立了一个会场，准备伪军代表前来谈判向我们投降时用。与此同时，我们更加严密地包围，并加强对东莞城方向的警戒，以防止意外。当天晚上 8 点左右，两个伪军连长作为全权代表与我们谈判投降来了。谈判过程很简单，我们给他们讲一番劝降的话，除重申日间所定期限和条件外，要伪军即刻撤回全部警戒，把全部人员、武器清册送来；于明日拂晓前，要全部集中出营投降。8 月 22 日凌晨 5 点左右，伪营长王铁汉率领四名连长首先前来投降，其余全部伪军列队于伪营前候命接收，武器即行清点。

莞太线战役前后共打了 10 天，我军连战皆捷，极大地震慑了莞城、太平和宝安城的敌人，为解放全东莞、宝安地区创造了有利形势。

精忠报国赤子心

符思之

七七卢沟桥事变，震撼海外。在国家民族处在生死存亡的关键时刻，海外各界侨胞和港澳同胞一致奋起救亡。1938年8月新加坡华侨领袖陈嘉庚先生发起成立"马来西亚、新加坡华侨筹赈祖国伤兵难民大会委员会"，接着"星洲洋务工人抗敌后援会"成立，香港"琼崖旅港同乡会"和"琼崖旅港商会"也积极支持成立琼崖抗日救护队等抗日群众团体，采取多种形式进行筹款，从财力上支援祖国抗战。

1938年10月，广州、武汉相继沦陷，南洋所属菲律宾、越南、暹罗（泰国）、新加坡、马来西亚和香港等地华侨代表168人，在新加坡南洋华侨中学礼堂举行大会，成立"南洋华侨筹赈祖国难民总会"。同年11月，来自新加坡、马来西亚、暹罗、越南、香港等地的琼籍侨团代表80余人，在香港石龙咀金龙酒家二楼集会，成立"琼崖华侨联合总会"（简称"总会"），统一领导南洋琼侨救国救乡工作，决定原属琼崖旅港同乡会、琼崖旅港商会组织的琼崖抗日救护队改名为"琼崖华侨回乡服务团"，由范世儒先生任团长，我任副团长，随时准备着返琼共赴国难，直接为抗日军民服务。

1939年2月10日，日军铁蹄踏进琼崖，海口沦陷，广大琼侨无不义愤填膺。总会当即决定，从组织起来的香港服务团中，由我率领30余人立即启程回乡和全琼同胞共负救国救乡之责。同时，还决定新加坡、越南、暹罗也相继组织服务团派遣回琼。

当时，港琼交通已断绝，我们经过一番调查和联络工作，并根据已建立的交通关系，决定于3月初取道湛江西营到硇洲岛，然后再伺机偷渡。为防止敌人奸细察觉，我们分为几批由港乘客轮到西营，再乘小帆船转到硇洲岛会合，最后一批到达时，已是3月下旬了。当时，从琼崖文昌逃亡到硇洲岛的人很多，我们就混迹于难民之中收集研究海上敌情，决定利用敌舰巡逻时紧时松的规律伺机偷渡。4月15日下午4点至5点，我们从硇洲公庙后面海岸三三两两上船，借助夜色，在神不知鬼不觉中扬帆启航。我和冯敬文、朱明留在舱面，每人一把尖刀、一包胡椒粉，准备一旦遇上敌舰，就向敌人抛胡椒粉，动刀子拼命。经过整整一夜在海上与风浪的搏斗，天亮时我们终于在海南岛冯家坡海岸安全登陆。7月中旬，第二批也沿着我们所走的路线偷渡成功。接着新加坡团、越南团和暹罗队等100多人，除暹罗队副队长符雷鸣率领的七人在海上遇难牺牲外，其余均胜利偷渡抵琼。

服务团一批又一批从南洋回乡参加抗战的实际行动，形成了巨大的无声宣传，坚定了琼崖人民的抗日信心，对于那些苟且偷安和患有"恐日病"的人是很好的启示和教育，对于一小撮接受日军津贴的败类、散布"抗日灭亡论"者是一个有力的打击。为了加强领导，便于开展工作，总会各团联合成立总团，由符克担任总团长（符克同志于1940年牺牲后，由我继任），有组织有计划地开展工作。

抵琼后，我便与中共琼崖特委组织部部长王伯伦取得联系，他认为我们应照总会的交代，向国民党琼崖当局取得合法权利。我和林明汉、王禄椿代表总会前往国民党琼崖守备司令部，进行慰问和办理服务团的备案事宜，向当局负责人王毅汇报了总会成立的经过和侨胞捐助物资分送当局和冯白驹部等情况，要求他发给我们自卫武器，并通令全琼各级军政机关给予服务团工作上的方便。除不肯发武器外，王毅答应了其他要求。然而，专员兼保安司令吴道南到职后却不认账，要我们重新备案，企图把服务团置于他的控制之下。

8月中旬的一天，专署通知我们在一个地方集合，吴道南、王毅装腔作势地对我们说："华侨慷慨解囊，献捐救国，政府深感满意"，"你们放弃安逸舒适的生活，冒险偷渡回琼帮助政府抗战，很是光荣"，等等。散会后，我们利用机会对驻地周围的警卫部队进行慰问。过了一段时期，吴道南等人开始耍阴谋了，天天找服务团的同志进行个别谈话，以表示"关心"，还以封官许愿的手段相引诱，说什么"在司令部任上一官半职，大可光宗耀祖"。有的还拉族亲关系。对服务团里刚从学校出来的女学生，以推荐职业、介绍对象相引诱。他们的目的在于分化瓦解服务团，然而团员们没有一个上当的，大家团结一致，没有动摇参加抗日救国的决心。后来我们摆脱控制，返回琼（山）文（昌）地区。

随着国共两党和军队之间摩擦增加、不断升级，形势日趋严重，服务团也处处受到限制和刁难。我们派往乐会县的医疗队去找冯尔辑县长汇报工作时，冯就断然拒绝说："我们这里用不着你们，既然是华侨派回来，请回海外去。"更有甚者，国民党琼崖当局还制造事端，无端逮捕、拷打、杀害我们的团员。如文昌县县长何定之在迈号乡逮捕宣传抗日的范清同志，并施刑拷打，范清严词怒斥说："大敌当前，你们不断搞分裂，制造'亲者痛，仇者快'的事端，我们坚决反对。"结果被杀害了。琼山县县长陈哲诬蔑在钟瑞、大坡工作的符阚平同志破坏抗日，违抗政府政令，以重刑迫供，阚平严加驳斥，竟被他们用开水烫死。

1940年8月，我们总团长符克同志为敦促国民党琼崖当局团结抗日，奉总会之命，带着慰问品，同原琼山县参议员韦义光前往定安县榆林圩，向琼崖守备司令王毅、第九区专员兼保安司令吴道南汇报总会关于救济难民和支援琼崖抗日救国方案，共商团结抗日大计，竟被秘密杀害，埋尸山间，制造了骇人听闻的"符韦惨案"。国民党琼崖当局倒行逆施，使我们进一步看清顽固派假抗日真反共的面目，认识到必须坚持自卫立场，坚决同逆派做斗争。八路军驻港办事处主任廖承志指示琼崖特委，要大力帮助服务团解决困难，保护琼侨这面团结抗日的旗帜。

服务团自踏上故土之日起，虽屡遭逆流的冲击，仍不畏艰险，积极地展开抗日宣传和医疗服务等方面的工作。在宣传工作方面，以口头宣传为主，包括街头演讲、个别谈话和组织小型座谈等，我们多次召开侨乡的各界人士座谈会，动员他们支持、参加抗战。

我们还团结争取国民党琼崖当局的中下层公务人员，同我们一起去进行宣传。为搞好口头宣传，大家认真学习群众的语言，尽量做到深入浅出、通俗易懂。我们还组织了一个三四十人的歌剧队进行文艺宣传，先后到琼山、文昌等县十多个侨乡演出。在文字宣传方面，主要是出墙报、写标语、散传单、油印《团刊》和小册子，及时报道传播岛内新闻、战地简讯、沦陷区日军暴行和各地群众抗日斗争的情况。我们出版的《团刊》，是除中共琼崖特委机关报《抗日新闻》外，全琼第二家较有影响的期刊。出版工作虽然受到纸张和印刷条件的限制，印数不多，仍引起各界人士的赞扬和重视。我们所印的小册子，有自己编写的以抗日教育为主要内容的识字课本，也有从海外带回来的书籍翻印的，其中以毛泽东同志的《新民主主义论》最受欢迎。

服务团的救护医疗服务工作是较出色的，我们所带的医药用品，一部分分送国民党琼崖当局和抗日有功的冯白驹部，剩下一部分则分发服务团各队使用。我们在进行宣传工作的同志，也给抗日军民免费送医送药，不仅医治一般常见病，还做枪伤、刀伤的救护工作，深受群众赞许。

1941 年 12 月 25 日香港沦陷，服务团同海外联系中断，侨援断绝，这给我们带来短期内难以克服的困难。我们向中共琼崖特委写了专题的请示报告，特委考虑到服务团的地位和作用，认为必须保留服务团的名称，至于全体团员的工作和生活上的问题，首先征求本人意见，在自觉自愿的原则下决定去向。当时，绝大多数（约 70%）报名参加琼崖独立总队，还有约 30% 的同志报名回乡参加民主政权的或群众团体的工作。同志们高高兴兴地奔向新的工作岗位，同全琼同胞一起坚持抗日战争，直至日军投降。

东江华侨回乡服务团

叶　锋

在日本侵略者的铁蹄到处践踏着祖国锦绣河山的紧急关头，侨居东南亚及欧美等地的海外华侨无不义愤填膺，迅速行动起来，纷纷成立各种救亡团体，出钱出力支援祖国抗战，为打败日本侵略者做出了不可磨灭的贡献。

1938 年 10 月 30 日，在吉隆坡惠州会馆召开了南洋各埠惠州华侨代表大会，正式成立"南洋惠侨救乡总会"，推举爱国侨领、吉隆坡惠州会馆总理黄伯才为主席，新加坡惠州会馆主席戴子良、槟城惠州会馆主席孙荣光为副主席，官文森、童适安、肖满、邱满、甘善斋、廖沛如、郑为信、钟醇生等侨领为委员，在新加坡、雪兰茂、槟城、马六甲以及荷属棉兰、沙捞越等地开展广泛的筹募救灾物资活动，并派员回国调查灾情，联络香港惠属同胞共商救国的紧急行动。

1938 年 12 月，南洋惠侨救乡总会派黄适安、钟醇生、黄赫群等代表回到香港，立即和在内地的惠属爱国团体共商联合统一救乡事宜，决定在南洋惠侨救乡总会的领导下，成立"东江华侨回乡服务团"（简称"东团"），动员华侨青年回东江惠州十属地区，开展动员群众起来抗日救国、保卫家乡和战地服务、赈济难民等工作。东团于1939年1月成立，以原惠阳青年回乡救亡工作团为基础成立东团第一团，海陆丰同乡会回乡救亡工作团为第二团，后又成立东江华侨回乡服务团两才队、文森队、吉隆坡队等，此外还有加影队、双峨月队、暹罗队以及安南队等，先后回到祖国开展各项工作。从香港动员回来到东团的青年比较多，分别组成了东团第三、第四、第五、第六、第七团到各县开展工作。在沦陷区和前线则成立东（莞）宝（安）队、增（城）龙（门）队，还有一个东江流动歌剧团。这样，东团在短短几个月内就组成了一支500多人的队伍，带着广大华侨的爱国热情，活跃在东江13个县的广大地区，赈济灾民，动员群众，支援前线，保家卫国。

东团本着南洋惠侨救乡总会"保卫祖国，抢救家乡"的宗旨，在东江各县积极开展赈济难民、宣传抗日救国等工作。根据各个地区的不同情况，分别组成五六人的小分队，带着南洋华侨募捐的药品、棉衣、大米，深入各个城镇乡村慰问难民，发放救济物资，免费治病。那时候群众普遍患疟疾，又缺医少药，东团团员就把从印度尼西亚运送回来的当时治疗疟疾的特效药"金鸡纳霜"给群众治疗，药到病除。广大群众十分感激，把东团团员视同亲人。东团华侨青年放弃在海外的舒适生活，告别父母，千里迢迢回到被敌人践踏的家乡，与同胞一起共赴国难的精神，更激起人民群众的抗战热情，他们积极地靠拢东团。

东团采用各种不同的组织形式和活动方式开展抗日救国活动，农民组织农民抗敌同志会，青年组织青年抗敌同志会，妇女则有抗敌妇女会，少年儿童成立抗敌儿童团、少年抗日先锋队，有些地区则组织兄弟会、姊妹会等。为了保卫家乡、维持社会治安，还发动群众，拿出自己的各种武器，建立不同形式的抗日自卫武装。有的村庄在商旅通行的地方组织各村的护路队保护商旅安全，在一些山区则组织打猎队保护农作物，有的相邻村庄成立联防队、自卫队等武装，在接敌区则进一步建立各乡脱产或半脱产的抗日自卫队、抗日锄奸队，在抗日前线地区则成立抗日随军杀敌队。在东团活动的地区，人民群众日益觉醒，许多农民子弟纷纷参加了曾生、王作尧领导的抗日游击队。在农忙季节，东团又发动群众为抗日军属服务，组织插秧队、割禾队帮助军属，逢年过节还到军属家慰问、拜年，使抗日军人安心在前线杀敌。

东团的抗日宣传工作做得也很出色。一方面以生动的文艺演出（如街头剧《放下你的鞭子》）、演唱抗日救亡歌曲、贴标语、画漫画、发传单等广泛动员群众奋起抗日；另一方面又到处帮助乡民举办战时小学、农民夜校、识字班等，作为宣传教育群众的基地，在这里进行时事教育和识字教育。团员们经常把各个战场的形势告诉群众，进而讲解坚持抗战，反对投降；坚持团结，反对分裂；坚持进步，反对倒退的道理，增强人民抗战必胜的信念，鼓起群众勇往直前的勇气。在农村成年人中，文盲很多，尤其妇女。就通过识字教育，提高他们的政治觉悟和思想水平，如认识"团结抗日"四个字，就可以讲解很多道理，在宣传上起到很好的作用。

东团在工作如火如荼地开展的同时，还要同各种反动势力的阻挠破坏和国民党顽固派对东团的种种无理的限制和迫害做斗争。国民党顽固派诬蔑东团暹罗队勾结土匪、阴谋暴动，逮捕了暹罗队23人，无端宣布解散东团，查封了设在惠州的东团总团部，驱赶留守总团部的两才队、吉隆坡队。这两队只好转移到当地爱国人士张友仁先生的住宅荔晴园，开展反对国民党迫害的斗争。在南洋惠侨救乡总会要求当局立即释放东团暹罗队，宣传华侨青年回国参加抗日救国无罪，呼吁社会各界人士支援东团和华侨爱国青年反迫害的正义斗争的情况下，国民党顽固派竟然出动武装军警，架起了机关枪，包围荔晴园，非法逮捕了驻在那里的东团两才队和吉隆坡队队员11人，随后又在惠阳淡水镇非法逮捕了英勇顽强地坚持反限制、反迫害的12名惠阳队队员。种种倒行逆施，激起了海内外各界人士的义愤，在各界共同努力下，终于迫使国民党当局将被捕的东团团员无条件释放。东团所有团员在暴行面前，昂首挺胸，经受了这场严酷斗争的考验，革命意志更加坚强，抗日热情更加高涨。头可断、血可流，但誓死坚持"保卫家乡，挽救祖国，抗战到底"的初衷。

　　华侨青年回国参加抗战，都抱着不打败日寇誓不回家的决心。有许多人离境回国前不领当地政府发的"回头纸"（入境证），有的人领了，到了船上也把它抛到大海里了。他们回国后都想直接参加抗日武装队伍，拿起枪打日寇。吉隆坡队73名队员在1939年6月到达曾生同志所领导的游击队所在地惠阳坪山，部队举行盛大的欢迎会，他们亲眼看到这支朝气蓬勃、斗志昂扬、官兵一致、热情友爱的人民子弟兵，许多人都强烈要求留在曾生部队，拿起武器上战场。经过反复动员，大家明白要打败日寇，还要有更多的人去做抗日救国的宣传工作，需要广泛动员群众配合人民武装，开展抗日游击战争，才能取得最后胜利。最后留下52名队员参加曾生同志的游击队，其余21名由队长黄义芳、副队长陈现率领到东团。此后，陆续回国的双峨月队、加影队等许多人，以及个别回国的青年，几乎都参加了游击队，并且有许多成为抗日游击队的骨干。经受了政治斗争严峻考验的暹罗队、两才队、吉隆坡队、惠阳队的队员被释放回来后，大部分参加了中国共产党，并纷纷转入敌后参加曾生部队。如原东团团长叶锋、特派员高云波，在第三大队负责民运部工作；原吉隆坡队队长黄义芳、副队长陈现，在大岭山区担任民运工作组组长；原两才队队长黄志强为敌后武工队队长；原东团团部总务李惠清负责税站工作。还有许多团员都分布在敌后各乡村，在和敌、伪、顽的激烈斗争中，深入发动群众，建立各界抗日团体，组织民兵收集敌、伪、顽情报，配合人民抗日武装打击敌人。在他们当中有许多为民族独立、祖国解放，献出了年轻的生命，他们是华侨青年的楷模。

曾生同志在 1988 年 12 月 13 日举行的东团成立 50 周年纪念大会上说："在抗战烽火中成立的东江华侨回乡服务团……对于祖国的抗战，尤其是对于东江人民的抗日武装斗争，起了积极的作用，做出了不可磨灭的贡献!"

延安派来的老红军

陈青山

1940 年秋，一个振奋人心的消息传遍了美合根据地，人们奔走相告：延安来人了！党中央、毛主席派干部来了！

海南和延安远隔千山万水，党中央、毛主席时刻关心着海南的革命斗争。正当海南抗日斗争极需军事干部的关键时刻，党中央及时选派了参加过二万五千里长征的庄田、李振亚、覃威等领导干部，以及一批电台、机要、军械技术人员来海南工作。他们于 1940 年 7 月和 9 月，先后来到了美合抗日根据地。庄田、李振亚、覃威等同志一到海南，就显示出他们出色的军事指挥才干和政治工作才能。

1941 年春的一个上午，国民党保七团营长李紫明带着两个连及一个游击大队，气势汹汹地向驻扎在咸来乡的独立总队第一支队扑来。敌人刚刚走到罗蓬坡，就被一阵密集的射击打得四处乱窜，敌军连长李汉松用小旗子指挥两挺机枪拼命扫射，企图负隅顽抗，独立总队李振亚参谋长带着特务大队从敌人侧后冲过去。李振亚从一位战士手中接过步枪，一枪便把李汉松撂倒了，接着又连放两枪，把敌人的两个机枪手都送去见阎王。在嘹亮的冲锋号声中，埋伏在四周山冈、沟渠中的勇士们猛虎般地向敌人扑去，敌人被打得死的死、逃的逃，没死没逃的跪下直求饶。这一仗击毙和俘虏敌连长以下50多人，缴获轻机枪2挺、长短枪40余支。这就是有名的罗蓬坡战斗，战斗指挥者就是中央派来的庄田、李振亚以及一支队队长吴克之等同志。

当国民党保安七团团长李春农带领几千人马包围了美合之时，李春农亲自带几百人马偷偷潜到我们总队部背后。覃威及时发现了敌人，抓过机枪就向敌人射击，而后他又带领一大队顶住了敌人的进攻，掩护总部得以安全转移。覃威是一位很能打仗的悍将，1942年春夏之间，他率领一大队在文昌县多次出击，先后夜袭了日伪军控制的头苑、昌洒、锦山、文城、清澜等市镇，采取以主力控制日军据点、分兵攻打伪军营房的手段，缴获了大批布匹、药品等物资。当日军向琼（山）文（昌）根据地"蚕食""扫荡"时，他率队在离文昌县只有几公里远的竹崀桥旁伏击敌人，击毁敌军车2辆，缴获轻重机枪各1挺、步枪手枪共40多支，歼敌40多名，给日军以当头一棒，打乱了敌人的部署。覃威所带的一大队非常勇猛顽强，日伪顽听说覃威大队来了，无不吓得胆战心惊。

政治工作是我军的光荣传统，也是我军克敌制胜的重要法宝。可是，云龙改编之后，国民党方面派来了一些副职，不准我们搞政治委员制度。为了坚持统一战线，我们做了让步，取消了政委制度，把政治机关改为政训室，党的工作也由公开转为秘密，各支部均由司书（文书）或文化教员兼做支部书记的工作。后来，国民党掀起了反共高潮，他们派来的副职相继撤离了，但我们的政治工作制度还没有恢复。庄田、李振亚等来琼之后，多次向冯白驹同志建议，把部队的政治工作制度尽快恢复健全起来，把党的组织在连队公开。李振亚同志曾多次强调说："坚强有力的政治工作是我们战胜敌人、壮大自己的强大武器。现在我们把政委制度和政治机关都取消了，岂不是把重武器都丢了？不行，还得像红军和八路军那样，尽快恢复起来才好。"特委和部队政治部经过认真研究，恢复了政治委员制度，把总部政训室改为政治部，建立和健全党的组织，连队设支部、大队设总分支、支队设总支。还专门举办了三期党支部书记训练班，加强党的工作、培养党的干部。

记得当时我们宣传部门办有《战斗生活》和《每周时事》等刊物，后来还编了个《军政杂志》。李振亚同志满腔热情地帮助我们编刊物，还亲自写文章、审稿、定稿。庄田、李振亚对基层的政治工作也很关心，他们走到哪里，就把政治思想工作做到哪里，经常和战士们促膝谈心，提高战士们的政治觉悟。他们反复强调：要下功夫抓好连队的思想政治工作，亲自备课，组织大家学习《抗日战争的战略问题》《论持久战》，用毛主席的人民战争理论武装大家的头脑。

延安有所举世闻名的抗日军政大学，海南岛也有所延安抗大式的学校——六连岭抗日军政学校。创办这个学校的就是李振亚同志。李振亚他们初来时，吃的，用的，住的，什么都没有，便带领30多名骨干，发扬延安抗大自力更生、艰苦奋斗的革命精神，早迎红日晚披星，日夜奋战在深山里。在当地群众的热情帮助下，经过一个多月的艰苦奋战，终于盖起了一间间饭堂、宿舍、教室，做出了一些简陋的教学用具。军政学校于1941年8月正式开学，学校以延安抗大为榜样，以"坚定正确的政治方向，艰苦朴素的工作作风，灵活机动的战略战术"和"团结、紧张、严肃、活泼"为教学宗旨，坚持理论联系实际的教学方针。身为校长兼政委的李振亚起早贪黑，不知疲倦地工作。在一段时间里，军事课、政治课基本上都由李振亚包了，他亲自编写教材、亲自讲课，还热情地帮助其他教员备课、讲课。他还组织学员到实战当中去学，当时三支队活动在六连岭地区，一有战斗任务，他就把学员带下山，配合三支队作战；回来后结合学过的军事理论，认真总结经验教训。学员们在学中战、战中学，提高很快。这所军政干校一共办了两期，培训了600名学员，为胜利地开展海南游击战争，提高部队干部的军政素质和加强抗日根据地的建设，做出了很大贡献。

庄田是独立总队副总队长，是冯白驹同志的得力助手。每逢斗争的关键时刻，他总能以高度的政治水平、思想水平和敏锐的洞察力，明辨是非，提出或支持正确的建议、主张。美合事变后，庄田同志坚决支持冯白驹等同志的正确意见，坚决反对悲观失望和放弃斗争的错误观点，特委终于做出集中力量打退国民党反共高潮的正确决定。机关、部队的许多同志都把庄田说成是"青年干事"，这是因为他性情豪爽、活泼好动，很喜欢和青年人在一起的缘故。一有时间，他就给青年人讲红军二万五千里长征和八路军英勇打日寇的故事。他还喜欢唱歌，《延安颂》《游击队之歌》等，走到哪里就把革命歌曲唱到哪里。他自己唱，也教年轻人唱，他用歌声和我们紧密地联系在一起，把我们和延安紧密地联系在一起。

李振亚、覃威都不是海南人，不懂海南话，他们为了和干部战士沟通思想、联络感情，就拜传令兵、勤务员为师，学会了半生不熟的海南话。他们用"半咸淡"的海南话跟同志们开玩笑、讲故事，常让人笑得肚子发痛。他们和干部战士亲热得像亲兄弟一般，大家有什么心事都乐意向他们倾诉，有什么疙瘩解不开，也主动向他们请教。他们和干部战士打成一片，时时处处都以普通一兵来严格要求自己，和战士们同吃同住同战斗。那时物质条件十分差，每顿饭每个人能分到一两个饭团就不错了，他们和战士一样，谁想多给他们一个半个，他们绝不答应。有段时间，李振亚同志病倒了，勤务员看着他又黑又瘦的脸，心里很难受，趁副官处宰猪，去要了猪肝、猪心，煮好给他送去，他却叫人原封不动地送回，还严厉批评了勤务员。

他们对干部战士想得十分周到，每逢获得战利品，都要交代有关部门，要特别照顾伤员和连队的战士。身边的勤杂人员病了，无论工作多么忙，时间多么紧，他们都要亲自去看望，寻医找药。庄田、李振亚都有马，可是他们自己很少骑，每逢行军打仗，不是给战士驮东西，就是让给伤病员骑。有一次行军，传令兵王妨六因脚上长疮，走路很吃力，李参谋长见了，立即牵过马来让他骑。"马是配给首长的，我哪有资格骑？"小王怎么也不肯。"什么资格不资格，我和你一样，都是普通一兵。谁需要就谁骑！"说着，李参谋长就来扶小王上马。小王骑在马上，看着徒步走在前面的参谋长，内心十分感动，鼻子一酸，眼泪禁不住"唰"地一下流出来了。

他们同群众的关系也十分好，每到一个地方，总是带头给群众挑水、扫地，帮助群众解决生活上的困难，群众很敬重他们。覃威同志活动在南阳乡一带，南阳人民把他当成亲儿女，他不幸牺牲之后，南阳人民悲痛万分，为这位英雄立了纪念碑，永远纪念他。

庄田、李振亚、覃威等肩负着党中央的重托来到了海南，为海南抗战事业做出了自己的贡献。

张文彬同志到东纵

杨康华

抗战爆发之初，党中央派张文彬来广东主持工作。他15岁加入共产主义青年团，16岁在湖南平江县委领导下率领上千工农群众投入如火如荼的秋收起义，担任了游击队的党代表，后编入红军上井冈山。历任红军第一方面军第五军和第七军政治委员、红三军团保卫局局长，随党中央参加了长征。西安事变前被派往西北军做统战工作，事变发生后参加中共代表团，协助周恩来副主席做了很多重要的工作。他对党忠诚，立场坚定，经验丰富，能文能武，作风很好，团结同志。主持广东省委工作时，对广东抗日局面的开创建立了不可磨灭的功劳。1940年9月，中共南方工作委员会成立，文彬调任南委副书记。其间，文彬在东江抗日游击队直接指导工作达三个月，对东江游击队胜利地完成重大任务，对东江、珠江及广东抗日武装斗争的发展，起到了重大作用，做出了重大贡献。

张文彬和林平同志直接领导组织了抢救我国文化界的精华和知名民主人士的工作，他们当中有何香凝、柳亚子、邹韬奋、茅盾、夏衍、张友渔、张铁生、沈志远、胡绳、梁漱溟、邓文钊、梁若尘、赵树泰等七八百人，此外还有一批国民党官员如刘璟、老同盟会员陈汝棠、余汉谋的夫人上官德贤以及电影明星胡蝶等，在游击区内妥善隐蔽，保证绝对安全，然后分别护送经蒋管区转到适当的地方去。党中央专门来电予以嘉奖，并命文彬代表党中央向文化人士表示慰问和致意。他同林平一起带上一些烧酒和几只肥鹅，到泥坑、深坑同文化人士聚餐，并转达了党中央对他们的关怀。为了加强部队的思想教育工作，以及更好地对国民党开展团结抗战的政治攻势，张文彬还请胡绳、吴铨衡、黎澍、肖敏颂、曾国智等人随部队指挥机关行动，他们为部队编写教材，推敲了好几件公开文告，黎澍还为部队机关报题写了"前进报"三个字。张文彬胸襟豁达，平易近人，同这些文化界知名人士相处得很好，一直到欢送他们离开部队。

张文彬对东江和广东武装斗争问题做了系统的研究和指示。他一贯重视武装斗争，一到广东就提出了"党员军事化"的口号，要各级党组织和党员尽力组织和掌握各种形式的武装队伍，时刻准备抗击敌人，开展游击战争。他请求党中央先后派了红军干部梁鸿钧、李振亚、庄田、谢立全、谢斌等前来广东，在省内也先后把有武装斗争经验的干部卢伟良、邬强、陈志强等调到东江游击队。他来到游击区后，详细了解了部队和游击区发展情况，召开部队领导干部会议，对形势任务、经验教训、方针政策、军事建设等做出决定，对东纵和广东武装斗争的发展具有重要的指导意义。

他充分肯定了我们部队三年来所取得的重大成绩，也指出了我们工作中所存在的某些缺点，提出要加强宣传我们的主张，积极扩大抗日游击战争，加紧扩大各地人民抗日自卫武装，配合全国抗战和英美盟军作战；在游击区内切实执行"抗日自卫、统一自治、合作自主"的政策，坚持团结抗战，反对在游击区搞"摩擦"，要求撤换通敌、内战、殃民的军政官吏；维持交通，救济难民，护侨护商。部队据此做了大量工作，加紧打击敌伪，抢救物资，搜缴武器，扩大部队，加强装备；组建外围武装，改造土匪武装，发展人民抗日自卫队伍；在积极扩大游击区的同时，还要向海岸、重要海岛、海上交通线开展活动。

在日军企图拉蒋汪合作，国民党加紧破坏团结抗战，到处搞"摩擦"，酝酿掀起第三次反共高潮的山雨欲来风满楼之际，张文彬同部队领导进行抗日反顽斗争，指出我们处在强大的顽军和敌伪两面夹击之中，一定要"紧握枪杆子，坚持抗日反顽斗争"。他批评了一些错误意见，耐心解释中央一贯的指示：在顽固派进攻面前，一定要本着"人不犯我，我不犯人；人若犯我，我必犯人"的原则，一定要不怕打摩擦仗，一定要针锋相对地坚持斗争，可以"后发制人，退避三舍"，但一定要"礼尚往来"，一定要紧握枪杆子，实行有理、有利、有节的自卫斗争，否则违反军心民意，利于敌、顽而有害于我，会招致失败。他还说，在延安向毛主席汇报东江情况时，主席曾指出：惠东宝游击区的范围不能说小了，比井冈山开始时还要大。斗争将是尖锐激烈和残酷的，甚至可能发生暂时的局部的失利和曲折，但是有党的正确领导，有人民的支持援助，"熬过困难就是胜利"，"熬过困难就是大发展"。

他在军事上坚决按照毛主席游击战争战略战术思想，机动灵活地打击敌人。他经常列举彭老总在红军初期一个突出的战例，他自己也曾一个人深夜袭扰白军营地，朝西面的驻敌打几枪，引起还击，又跑去向东面驻敌打几枪，又引起还击，白军不知虚实，就自己东西对战了几个钟头，一人一枪就取得了夜间袭扰的战果。我军主力应机隐蔽于适当位置，避开顽军强大进攻的锋芒，找寻其比较孤立和薄弱的部分，集结力量以"雷公打豆腐"的态势，给敌人以严重的打击，积小胜为大胜，以挫败和粉碎其战略进攻。

为了保证战胜困难争取胜利，必须加强部队政治和军事的建设，张文彬提出成立广东人民抗日游击队东江总队，设立总队部和政治部，加强参谋工作，总队部配备正副总队长和参谋长，下设参谋处，大队设参谋，还设立了军需、副官、医务卫生、税站、交通站、情报站等部门。为了培养和准备部队军政干部，先后组织了代号为"布吉队"和"华南队"的训练班，张文彬曾亲自到"华南队"讲演，勉励大家坚持自卫斗争，发展抗日游击战争，建设根据地。

张文彬返南委后，得悉江西省委遭破坏的消息，同南委书记方方等研究部署机关撤退工作，然后启程前来东江。他在途经高陂镇时，与叛徒郭潜带引的特务偶然相遇，不幸被捕，囚禁于江西太和县国民党监狱中。他在狱中立场坚定，坚持革命气节，对敌人的威逼利诱进行针锋相对的斗争，严厉驳斥敌人污蔑我党的不实之言。对无耻叛徒的劝降，直斥其非，明确表示"宁可坐牢而死，决不跪着爬出去"，大义凛然。他备受敌人残酷折磨，身患重病，坚贞不屈，临终前还勉励狱中同志"要坚持斗争，坚贞不屈服，咬紧牙关，渡过困难，革命一定要胜利"。1944 年夏，他戴着脚镣死于狱中，为党献出了宝贵的生命。

张文彬对党忠心耿耿，一生为革命，一生为人民。他到广东来为党的恢复和建设，为武装斗争的坚持和发展，做出了不可磨灭的贡献，青史留名，高风亮节，永远活在人民的心里。

琼崖抗日公学

罗文洪

　　1940 年 7 月，组织派我到海南参加敌后游击战争。初到海南，由于语言不通，琼崖特委便分配我任《抗日新闻》编辑并兼琼崖抗日公学的政治辅导员。考虑到《抗日新闻》是半旬刊，每一期我的工作量不是很大，经请示特委同意，我索性搬到琼崖抗日公学去住宿。琼崖抗日公学是培养军事、政治、民运干部的一所抗大式学校，是 1939 年冬琼崖特委迁到澄迈美合地区后创办的。

　　这一天，吃过早饭，我便带着特委的介绍信兴冲冲地向琼崖抗日公学奔去。到了公学门口，只见迎面有个用竹排和木杆搭成的大牌楼，上方端端正正地写着"琼崖抗日公学"几个大字，大门两旁是竹篾编成的"墙"，上面写着毛主席为抗大题的八字校风——"团结、紧张、严肃、活泼"。琼崖抗日公学建在一个名叫"荒草田"的地方，这里原先荆棘丛生、野兽出没，全校师生一齐动手，平整土地、清除杂木，盖起了一栋栋风格别致的教室和宿舍。所有的屋顶都是用竹条夹着茅草绑扎而成的，四周的墙壁是用竹篾编织的。教室里宽敞整洁，用木条和竹片钉成的桌凳排列成行。宿舍里靠墙打着两排相连的床铺，又整齐又实用。全校有 500 个学生，分为高级班、初级甲班、初级乙班、工农班、妇女班和儿童班。每个班都有一个操场，既可以上军事课，也可以打球锻炼身体，开膳时又是露天饭堂，入夜架起汽灯还是娱乐场。学校还修建了一个可容纳一两千人的广场，广场一端有一个用土堆起来的简易舞台，全校性的集会和文娱活动就在这里举行。琼崖抗日公学的全体师生，用自己勤劳的双手在这荒山野岭上建成了这样初具规模的学校，为自身创造了一个较好的学习环境。

琼崖抗日公学吸取了陕北公学的好经验，组织了一套完整的管理机构和精干的教师队伍。各班设班主任和队长，班主任负责学生的政治思想工作，队长负责行政和生活管理，还有专门负责军事训练的教官。学校除少数专职教师外，大部分课程都由特委和总队政治部的负责同志兼任，冯白驹同志和特委宣传部陈健同志就经常给学生们上政治课或做政治报告，部队参谋长李振亚同志也常讲游击战术课。在专职教师中，史丹、吴耀南、王祝三等同志都是大学毕业，并担任过中学校长或从事多年教学工作的老行家。有了这样一支很强的师资队伍，既能保证办学的政治方向，又能保证课程的教学质量。

琼崖抗日公学的学生大部分是来自社会的爱国青年，部队也选送来一些优秀干部和战士，他们怀着抗日救亡、保家卫国的共同志愿，投身这个革命大熔炉里，学习的自觉性、积极性很高。根据"尽快地培训大批军、政、民干部以适应抗日高潮需要"的培训目标，学校按学员的实际情况，分别制订不同的学制、教学大纲和实施计划。例如，军事课分为"学科"和"术科"，"学科"包括毛主席关于游击战争的战略战术思想，特别是游击战术中关于"敌进我退，敌驻我扰，敌疲我打，敌退我追"十六字诀的运用；"术科"除了队列、瞄准射击、利用地形地物、投掷手榴弹等基本课目外，着重结合实战需要进行侦察、化装奇袭、伏击等战斗演习。

　　由于日军的严密封锁，根据地又处在初建阶段，物资供应十分困难，尤其是文化用品，几乎全部要靠自力更生解决。总队部造纸厂自制的土纸要保证特委的《抗日新闻》、政治部的《战斗生活》的出版需要，要供应琼公印刷课本、讲义，每个学员每月能领到手的纸只有几小张。大家对这几张纸视若珍宝，只有在考试时才用，平时记笔记尽量利用旧纸的边角或字里行间的空隙。至于钢笔，在学员中就更少有了，即使有钱也不容易买到，很多人用小竹竿削成"蘸水钢笔"来写字，没有墨水就用木炭或锅灰磨成粉末，再加水调制成一种"特制墨水"。工农班和儿童班的学员，干脆以沙地为纸、树枝作笔，在地上练字演算。

　　师生们的生活很艰苦，虽然执行总部规定的统一伙食标准（每天半斤米、4两菜、1两肉、2钱油），但哪里保证得了呢？因为这些副食品的来源，一是靠向群众征集，二是靠自己生产。碰到环境变动征集不到或是生产歉收时，每人每餐就只有一勺盐水稀饭，有时还要掺进一半"革命菜"。生活虽然很艰苦，但大家都毫无怨言。每当开饭的哨子吹响，大伙便拿着椰壳碗，列队来到"饭堂"，依次向炊事员领取自己的那份口粮（有时是饭团，有时是稀饭），然后围着菜钵，津津有味地吃起来。

琼公的师生之间、上下级之间建立了水乳交融、亲密无间的革命友谊。虽然学校的管理按照军事化的要求有一套完整的制度，执行严格的纪律，但这都靠干部以身作则、学员自觉遵守来执行。上至学校领导，下至教师和班干部，无论在课堂还是在操场，谁都不摆官架子，他们对学员既严格要求，又循循善诱，允许学员提不同的观点、意见，提倡民主讨论，共同提高教学质量。抗大的"官教兵、兵教官、兵教兵"的优良作风也得到充分的体现。在日常生活中，师生们一起劳动生产，同吃一锅饭，同睡连铺床，没有任何特殊化。

琼公从上至下建立了健全的党组织生活和非党群众的民主生活制度。党支部大会每月召开一次，党小组会议和非党群众的民主生活会每周一次。党员也要参加群众的民主生活会，在会上党员要带头检查自己的学习工作情况，带动群众实事求是地亮出自己的思想，开展同志式的互相帮助，表扬优点，纠正缺点。党支部大会定期综合党内外反映的情况和问题，总结经验教训，分析思想动态，提出短时间内的简明工作计划和对党员的具体要求。各班的行政领导根据各小组所反映的情况和党支部的总结意见，每周举行一次讲评会，及时表扬先进，纠正和防止不良倾向。

琼公师生的精神生活也非常充实。教务处为各班安排了固定的歌咏课，由祝菊芬、王祝三和我负责教唱歌，还指定我负责组织学员的文娱体育活动。学校创办了"列宁室"，为学员们提供练文艺节目和开展文娱活动的场所。每天早上，当嘹亮的起床号声一响，师生们很快就集中到操场上，由班长、队长领着跑步。和着整齐的脚步声，各班的歌声此起彼落，雄壮的歌声唤醒山峦，宣告紧张的一天从此开始。早餐后，大家井然有序地进入学习、工作岗位。到夕阳下落时，大家又涌向球场，一时间，击球声、喝彩声响成一片，给美好的黄昏又增添了绚丽的色彩。不打球的学生三五成群地在山坡上、树林中漫步，有的还引吭高歌。热闹的还要数周末晚上，我们照例分班或集中举行文娱晚会，演出的节目有《放下你的鞭子》《捡黄金》等全国流行的街头剧，还有自编自导的反映抗日战争真人真事的活报剧，更多的是即兴表演的唱歌、诗朗诵、讲故事，等等。在一片欢声笑语中，大家各尽所兴。

自 1940 年初创办公学起，先后培养了 2000 多名干部，为海南的抗日战争和解放斗争，做出了很大的贡献。

竹崀桥伏击战

王山平

　　1942 年的深秋时节，刚刚完成一次长途奔袭任务的第二支队第一大队，在副支队长覃威、大队政委吴文龙的率领下，回到了驻地文昌县南阳乡。干部们连脸也顾不得洗，就聚集在一间屋子里，商议起另一项新的作战任务。

　　为了以实际行动纪念九一八国耻日，早在 9 月初，支队参谋长就传达了支队部的决定，在琼（山）文（昌）公路干线上组织一次伏击敌人军车的行动，力争缴到机关枪。事情也真凑巧，地方同志送来了情报：近日来，驻文昌县城的日军几乎每天都有两三辆军车出动，每车载有一二十人，配有轻机枪，上午向潭牛、海口方向出发，下午再返回。久经战火考验的覃威同志一向办事认真细致，他立即派驳壳枪排排长李贤祥到公路去侦察，反复向他交代：要摸清敌军军车的规律，哪怕是连续观察十天半个月，也一定要摸准。眼下十天过去了，李贤祥侦察回来了，覃威、吴文龙同志立即召

91

集中队干部开会，决心打好这一仗！

大家听完李贤祥的介绍后，一中队中队长张成首先发表意见："按实力说，我们消灭鬼子两三辆车、几十个人不成问题，就是伏击点竹崀桥离文昌县城太近了，距离潭牛据点也不远，打响后，两边敌人来增援，我们不易撤走。"

二中队中队长林海东站起来说："我的意见是打！竹崀桥地形有利，距县城虽近，但正可以出其不意，攻其不备！"

两种意见，各有其理由。"不在这里打，琼文公路干线上就再没有地方可以埋伏得下一个大队的兵力了。"三中队中队长李平吾支持林海东。

"是呀，这里的地形确实很好。"李贤祥一面看了看大家，一面用手在桌子上比画着，"我们如果用一个中队控制住竹崀桥，即使是敌人来增援，半个小时内也不容易涉过竹崀溪。我们在公路旁隐蔽观察了整整十天，从来没有人发现我们。依我看，琼文公路干线上再也没有比这里更利于埋伏的地方了。"

"对，就在这里打！速战速决，抓一把就走！"覃威转过脸征求政委的意见："老吴，你看怎么样？"老成持重的吴文龙一直在静静地听着，他点点头："我看行！我们的行动一定要快！要猛！不过，具体部署和出发的时间，我看是不是在勘察地形之后再定？"

"好！我和各中队长去看地形。支队部已决定派二大队副队长黎之定同志带四中队和驳壳枪排来配合我们。告诉黎之定一起去看看，回来再部署兵力。"

竹崀桥位于琼文公路干线上，南距文昌县城约 4 公里，北至潭牛圩约 7 公里，地势低平，桥两头的公路蜿蜒起伏，西北面有一大片灌木丛，一直绵延至竹崀村边。东北方向有几块水田，水田边也有灌木丛，断断续续延伸到青山岭下。

覃威带着中队长们乘着月色，在竹崀桥足足看了两个小时。观察地形回来后，大队做出了具体部署：如果敌军车从文城方向开来，由一中队打正面，用轻机枪阻击第一辆车；二中队负责埋地雷，配合一中队歼灭第一辆车上的敌人；三中队打第二辆车；四中队打第三辆车，并负责控制竹崀桥以及竹崀溪，防止敌人增援。倘若敌军车从潭牛方向来，各队的打击顺序则依次调换。4 个中队在公路西北侧一线展开，李贤祥驳壳枪排埋伏在公路东北侧，配合一、二中队伏击第一辆车。二大队的驳壳枪排紧挨着他们，配合三、四中队打第二辆车。最后，吴文龙政委风趣地说："这就叫作'布网打山猪'。同志们一定要拉紧网，不能让它撕破。日本鬼子这头'厚皮山猪'凶着哩，大家切不可轻敌！要互相配合才能消灭它。"

会后，各中队和驳壳枪排紧张地进行战前准备。战士们听说有大仗打，热情很高，个个摩拳擦掌、跃跃欲试，争着打先锋夺机关枪。南阳乡很多老屋主知道部队有大的行动，都悄悄地给战士们的竹筒里灌椰子水，往衣兜里塞鸡蛋、鸭蛋。

9月17日傍晚，部队从南阳乡的金花、罗部、托盘坑等村出发，于鸡鸣时分到达竹崀桥附近。按照事先部署，各队伍静悄悄地进入了各自的阵地，覃威逐一检查了阵地，再三叮嘱要注意隐蔽保持肃静，严禁暴露目标。

　　天渐渐亮了，路上开始有了行人，可是谁也没有发现路旁埋伏着300多名骁勇善战的抗日健儿。日上三竿，公路上还不见敌军车的动静，是不是日军改变了往日的行动规律？覃威和战士们同样焦急，但他不露声色，时而抬头看看树梢上的监视哨，时而又转脸和身旁的张成、林海东轻声细语："耐心等吧，鬼子会来的。"忽然，文城方向隐约传来汽车声音，大家顿时紧张起来，正在用饭的战士有的三口两口把饭团咽到肚子里，有的把饭团往饭包里一塞就抄起身边的武器。汽车的声音由小到大，又由大到小，好像从另一条路往西南的高隆乡驶去了。

　　太阳爬上椰子树顶了，被露水打湿的衣服已被晒干，灌木丛中开始闷热起来，敌人还没有露脸。是不是我们走漏风声了呢？覃威把队伍出发前后的情况全部想了一遍，又看了一下左右浓密的灌木林，肯定我们的行动并没有暴露。太阳过头顶时，忽然又听到了汽车的马达声，战士们的心又紧张了起来，一个个都自觉地架好枪支，眼睛紧盯着公路。可是，汽车的声音又一次往文城方向消失了。已是午后了，没有一丝风，竹筒里的水喝干了，身上被烈日晒得火灼似的，心里更灼得慌。

到了下午 4 点左右，还是不见敌人的踪影。覃威和吴文龙召集各中队长和驳壳枪排排长一起研究决定，就是敌人真的不出动，今天也得等到太阳落山后再撤出阵地。否则，就可能暴露我们的作战意图，影响今后作战。

傍晚时分，谁都以为今天敌人不会来了，有些战士已悄悄做好撤回的准备。就在这时，从文城方向隐约传来了汽车的声音。听着越来越近的马达声，覃威抬头看看树顶的监视哨，只见哨兵手中的树枝一连摇了八下。啊！来了八辆车！覃威不由得一愣，他拿起望远镜朝南面望去，公路上尘烟滚滚，敌军车距竹崀桥已不远了。打还是不打？打，情况已变化，敌人强大，难以收拾；不打，部队靠近公路，处境也十分困难。在这关键时刻，不能有半点犹豫，覃威凭着丰富的战斗经验和过人的胆识，果断决定：以迅雷不及掩耳之势打击前面那两辆军车，把第三辆以后的车辆卡住！他立即让传令兵到四中队传达命令，要他们放过前面两辆车后，不惜任何代价封死竹崀桥。转眼间，前面两辆汽车驶过桥进入伏击圈，车上的日军发现了拉地雷的绳子，嗷嗷地大叫起来。地雷没有拉响，一中队的机枪立即开火猛射，二中队也把火力集中在第一辆车上，三中队按计划打第二辆车。这时，第三辆车开到桥上，四中队一阵排枪把它们打瘫在桥上。这样一来，后面的军车都被堵住了。

在我们突然打击下，第一辆车上的敌人连枪还没来得及放就被打死了一大半，余者慌忙跳下车来顽抗。殊不知，公路东面的驳壳枪排正在他们背后等着哩。李贤祥带领全排20多人，在距公路仅10余米远的地方像点名一样地对着敌人的脊梁打了起来，紧接着借着手榴弹爆炸的硝烟冲上公路，把残敌一一消灭。

一、二中队的几个战士缴获了一挺三八式轻机枪和一个掷弹筒，他们发现车顶上有一挺重机枪，便上车去搬，谁知却搬不动，原来这挺重机枪被固定在车上。没办法，他们只好把枪身卸下来抬走了。驳壳枪排的战士则专在敌尸上找短枪，居然找到11支，大家喜出望外。

这时，三、四中队正在和第二、第三辆车上的敌人血战。敌人跳下车来，伏在车边或公路旁的水沟里拼命抵抗，机枪火力压得我们抬不起头来。有几个敌人端起刺刀直扑过来，被公路东边的二大队驳壳枪排从背后射倒。敌人又转头向驳壳枪排扑去，却又遭到西边的四中队射击。

桥南的敌人开始向这边进行火力增援了，机枪、掷弹筒一起打来，桥南敌人在猛烈的火力掩护下，从竹崀溪涉水过来，企图向我军侧后迂回。覃威发现了这一情况，一面命令部队向敌人猛打，一面接过机枪，向伏在水沟里的敌人射击，敌人一时被压住，他命令司号员立即吹收兵号，并大声喊道："快缴枪！快撤走！快缴枪！快撤走！"在机枪掩护下，部队迅速撤出战斗，朝着树德乡而去。天不知不觉地黑下来了，又下起了大雨，队伍很快消失在茫茫的雨夜里。敌人惊魂未定，又见雨大夜黑，不敢追击，只是守着一大堆死尸，盲目地打枪打炮。

这场伏击战打了 20 多分钟，我们共歼敌 40 多名，缴获轻机枪 1 挺、重机枪 1 挺、掷弹筒 1 具、手枪 11 支、步枪 20 多支，还缴获了一批军用物资、文件等。第二天，树德乡一带的群众奔走相告，纷纷来到营地观看战利品，不知是谁当场编了段快板："独立队，真勇敢；打鬼子，缴机关；打竹崀，敌丧胆！"

第一支队少年连

符儒汉

　　抗日战争中期，在琼崖抗日独立队里，有一支少年儿童组成的战斗连队，大家都叫它"少年连"，全连110余人。除了连长、指导员和个别排长是成年人外，大都是13岁到16岁的小孩子。我是其中的一员，参军时才14岁。

　　1942年春天，海南岛琼（山）文（昌）抗日根据地的爱国青少年，响应中共琼崖特别委员会的扩军号召，披着褴褛的衣衫，戴着竹斗笠、旧毡帽，赤着脚，冒着炽烈的阳光，奔向抗日根据地。

　　我们一群十几岁的孩子，打听到了去部队的路程，黄昏时候到达一支队队部所在的村子，便急忙向吴克之支队长屋子里拥去。走到门口，被卫兵挡住了："你们要干什么？""找支队长！"支队长见到我们，严肃地说："你们年纪太小，看，步枪比你们还高呢。""还是先回家去，等长大了再来！"

"当兵不够格，做亡国奴就够格?"我的嘴唇翘得很高。支队长拍着我的肩膀说："你的道理蛮大啦。队伍要行军作战，你们吃得消吗?""我们不怕!"孩子们不约而同地嚷道。我们央求支队长收下我们，对他说："我们有的是父母亲自送来的独生子，有的是父母亲被鬼子杀害了要来报仇的，也有的是抗日儿童团的团长或团员。"吴支队长终于答应收下我们，我们乐得蹦跳着叫嚷着。

　　"少年连"正式成立，编为特务连，担任支队队部的警卫任务。为了加强对少年连的领导，支队长特地从老连队里调来连长张集成和林明新指导员，并从各单位抽调些参军较早的传令员、勤务员来充当班、排长，其实他们除了个别排长外，也都是些小孩子。全面训练开始后，文化学习中我们最喜欢读的是油印课本里《血和火》那一课，我们一有空就念着："血血血，中国人民流的血!""火火火，日本鬼子放的火!""我们不怕牺牲流血，坚决扑灭战火，争取抗战最后胜利!"政治课主要是提高政治觉悟，我们认真学习，懂得了为谁当兵为谁打仗的道理。军事课大家很感兴趣，学的是基本制式训练、射击训练以及排进攻、排防御的战术，我们都取得优秀成绩。

　　一天深夜，漫天星星闪着银光，张连长站在集合好的队伍面前说："孩子们，明天有个重要任务，现在马上出发。"经过四小时急行军，终于到达了目的地北公山。大伙都露营在山林里，除了三个排长放哨外，大家都很快入睡了。突然，一阵激烈的"枪声"，把我们从睡梦中惊醒了。"什么事，什么事？""敌人袭击！""谁拿我的枪？"……我们吵吵嚷嚷地乱作一团。

"各班迅速进入阵地！"张连长高声命令。我们哗啦一声向高地跑去，有的还来不及系子弹带，有的手榴弹也丢了，有的慌慌张张乱窜。张连长逐个检查着，各个班的战士都站乱了。他脸上显得很严肃，提高嗓门说："小伙子们！看你们像个什么兵！刚才是一次演习，炸响的只是几个爆竹和'电光炮'，你们就忙乱了，这样的战士能够打败日本鬼子吗？"

10月，日军向我根据地进行大规模的"蚕食"与"扫荡"。一天深夜，队伍集合在椰林里，吴支队长头戴一顶竹斗笠，身上披着一条破雨衣，站在雨里向部队做动员说："鬼子这回'扫荡'是很凶的，总部指示：队伍要分散开来对付敌人的集中，积极进行游击小组活动，打击敌人。你们特务连的任务是：在北公山等地坚持斗争，拖住敌人，配合支队的作战行动！"

我们走进北公山，天也亮了。这时，飞机的马达声震撼着山林，传来轰轰轰的炸弹爆炸声，前方村庄在燃烧着，浓黑的硝烟带来一阵阵的焦臭气味，枪声、杀声也不断从村子里传出来。我们见这残酷的景象，个个都气得脸色发青，叫嚷着"出去揍鬼子！"但被张连长严厉地制止了。

太阳西落了，村庄里还在冒着浓烟，枪声稀稀落落的越听越远了。"救火去!"张连长带着队伍奔出山林,向被大火燃烧的村庄跑去。当大火被扑灭后,出现十多具烧得皮烂肉裂的尸体,都是老弱妇孺。我们看在眼前,痛在心里,但是我们都没有哭,个个握紧拳头,在幼小的心头里织成了千仇万恨。

队伍连夜撤回山林里,全连分成九个游击小组,分别由连长、政治指导员、排长率领,分散活动,伺机袭扰敌人。东方天边变白,张连长带领我们组和七班共 20 余人,隐蔽在山上的灌木丛里,远远看见有数百名鬼子像一条青竹蛇向我方蠕动,鬼子越来越近了,我是第一次打仗,开始很紧张,但很快就镇静了。鬼子的后卫部队过桥了,顿时前面响起了密集的枪声,中间也响起了越响越急的手榴弹爆炸声,这是埋伏在对面海棠林里的少年连七组和九组已经将鬼子拦头断腰了。后面的鬼子乱作一团,我们射出一阵排子枪,几个鬼子栽在田里,还不知道子弹是从哪里飞来的。张连长投出一颗手榴弹,喊着"边打边撤!"鬼子追了上来,我们钻进了海棠树林。张连长要符坚带同志们先撤,他躲在这棵树后打几枪,又转到那棵树后打几枪,掩护我们撤退。这时七班班长符坚又带着他班里的七名战士绕过来抗击敌人,他掩护张连长和其他同志转移了,却和林天椿被敌人从三面抄拢过来,他们跟鬼子周旋着。符坚负伤后要林天椿先走,把枪交给林天椿带回去,自己用手榴弹与鬼子同归于尽了。

1943 年春天,主力部队分别挺出外线作战,支队队部命令少年连担负保卫亚郭山的任务。少年战士们一致宣誓："用生命保卫根据地！"

　　一次，敌人来犯，张连长对我说："你带一个班担任游击小组，敌人一来就边打边撤！"原来有一队日军带着伪军共200余人，悄悄地向着我们所在的山头包围上来了，我们当即开火打死几个鬼子，阻滞敌人进攻。当我班撤回营地时，鬼子也跟踪追来了。张连长已带着各排分散隐蔽在石墙后面，待敌人逼近石墙边，连长一声喊道："打呀！"全连密集的子弹射向敌队，消灭了前边十多个鬼子，后面的鬼子踩着尸体，潮水似的漫涌上来，密集的机枪子弹在我们头顶嗖嗖飞过，打得岩石和石墙直冒火星；炮弹在山头爆裂，劈开了岩石，炸断了树枝，山头上笼罩着一片硝烟和震耳欲聋的炮弹爆炸声。张连长指挥着战士们射击了两阵排子枪，打死了六七个敌人，剩下的敌人躲躲闪闪往岩石后钻。张连长一见伪军也跟鬼子冲上来，就对战士们说："你们瞄准，他们一动就揍他！"五六十个鬼子号叫着扑上来，我们用手榴弹、石头向敌人砸去。鬼子大概认为我们没有弹药了，攻击比前几次来得更猛了。忽然，一颗炮弹在张连长头顶上呼啦啦地啸叫着，我赶紧把他拉倒，跟着"轰"的一声巨响，泥土把我盖住了，我爬起来定神一看，见张连长也被炮弹掀起的泥土埋起来了，我纵身跳过去，双手扒开泥土，发现张连长全身血流如注，眼睛被打坏了，他急促地对我说："不要管我了，你去指挥驳壳枪排守住山口，坚决顶住敌人！"

我派人突围去报告支队长，转身回到山口，指挥战士们摔石头，可是鬼子已经冲进山门了，我们跟鬼子拼刺刀，展开了厮杀。突然，鬼子们背后响起了机枪声，鬼子们像退潮一样窜逃了。吴支队长带队来救援了！

1943 年夏季，我们少年连接到袭击才坡据点敌人的任务，张集成连长立即从短枪排挑出符仁春、何敦炳、王志海、丁录英和我等 11 人，身藏驳壳枪，分成三个战斗小组整装待发。6 月 7 日早晨，张连长带着我们从桥头乡的保岸出发了，王志海、冯祝桐等一组的四位同志各挑着一担石头走在前面，紧跟着的是保长打扮的张连长，再后面就是第二组的何敦炳、丁录英、陈德明和排长符仁春等一群少年"民工"，他们有的扛着锄头，有的拿着铁铲，混在各村民工当中，向才坡据点走去。也许是看到又多了一些来修据点的人，守门的那个日军士兵高兴地说："好好，民工还大大的要！"王志海他们不动声色，嘴里应付着，眼睛却不停地观察着据点里的情况。发现敌人的武器弹药放在电话室里，除一人守电话机和哨楼上一人站岗外，多数士兵都在海边工地看挖井，张连长暗中使了个眼色，王志海、冯祝桐等把担子一丢，拔出驳壳枪，和第二组的战士迅速向电话室和寝室冲去，在一阵"乒乒乓乓"的枪声中，电话室里的敌人被消灭，1 挺重机枪和 10 支步枪全都落到我们手里。这时，楼上的敌哨兵一边狂叫、一边乱打枪，冯祝桐端起刚缴获的三八式步枪，一枪就把这个哨兵报销了。据点内尚存的几个敌人手中没枪，拼命向外逃，在海边工地的那些敌人听到枪声想冲回来，却被埋伏在灌木丛中的我们第二小组截住，敌人见势不妙，夺路逃跑了。据点内的民工亲眼看到了这场战斗，高兴极了，纷纷来帮我们抬担架，运武器弹药。下午1点钟，从桥头据点来了两车日军，但我们早已安全撤回驻地了。

此后，少年连又参加了儒万山保卫战等战斗，经受了多次战火的考验，为抗击日本侵略者，争取民族解放的伟大事业，做出了自己的贡献。

华南敌后抗战中的东江纵队[*]

曾　生

1938 年 10 月 12 日，日本侵略军在大亚湾登陆，国民党政府军一触即溃，21 日，东江下游和广州地区相继沦为敌占区。八路军驻香港办事处主任廖承志，根据中共中央关于要在敌后开辟抗日游击区的指示精神，召集中共香港市委书记吴有恒和我（时任中共香港海员工作委员会书记）研究回东江组织抗日武装，开展敌后抗日战争的问题，决定由我和市委组织部部长周伯明、组织干事谢鹤筹同志带领一批党员和积极分子回内地。我们一行于 10 月 24 日回到我的家乡惠阳县坪山，10 月 30 日，成立中共惠（阳）宝（安）工作委员会，我任书记。为了取得组织武装的合法名义，我们对当地国民党军温淑海旅开展统战工作，得到支持和帮助，筹集到一些枪支。当时，我们出于策略上的需要没有亮出共产

---

[*] 本文原标题为《坚持华南敌后抗战的东江纵队》，收录时做了适当精炼和修改。

党领导的旗帜，而是以群众自发组织的面目出现的，并于12月2日成立惠宝人民抗日游击总队，我任总队长，周伯明任政治委员，曾在土地革命战争时期当过东路军团团长的郑天保任副总队长兼参谋长，全队近百人枪。在此之前，中共东莞中心县委领导的增城、福安县的中共地方组织，利用合法地位也先后掌握了百十人枪不等的人民抗日武装并与日军多次作战。这几支零散的武装，为后来东江纵队的成立和发展奠定了组织基础。

惠宝人民抗日游击总队成立后，即展开对敌人的袭扰行动。我和周伯明带领一部分队伍到坪山一带，郑晋带领一部分在淡水周围活动。我们所到之处，铲除伪政权，惩办汉奸，发动群众，不断地袭击敌人，收复了淡水、葵涌、沙鱼涌等失地，并参照晋察冀边区建设的经验，在淡水镇建立了东江地区第一个抗日民主政权，称"惠阳县第二区行政委员会"。通过这个政权，我们重建乡、镇政权，复办教育，组织生产，建立民众武装，维护治安，恢复与香港的海岸交通，赢得了群众的信赖。

收复淡水不久，国民党当局眼红了，他们收编的土匪军罗坤大队随之也挤进淡水。为了顾全大局，我们于12月中旬返回坪山。我们游击队返回坪山后，决心建设一个以坪山为中心的抗日游击根据地，狠抓部队和党的建设，加强对部队军政训练，开办党员培训班，大力开展群众工作，抗敌后援会、抗日同志会、抗日妇女会、抗日青年会、抗日自卫队等多种组织蓬勃发展，部队实力得到补充，增至200余人枪，编为2个中队，为开辟抗日游击根据地打下坚实的基础。

1939年春，日军由于兵力不足，撤出惠阳和东江部分占领区，以加强对广州和沿海主要据点的防守，东江地区出现了暂时相对稳定的局面。这时，溃逃到后方的国民党军重新返回惠阳，在惠州设立第四战区游击指挥所（简称游击指挥所），香翰屏任主任。为继续争取合法的地位以利于部队的生存和发展，我借一次陪同华侨慰问团的机会，要求第三游击纵队司令骆凤翔帮助我们向游击指挥所争取一个合法的名义。经过努力，我们终于于同年5月改编为"第四战区第三纵队新编大队"（简称新编大队），我任大队长，郑晋、周伯明分任副大队长和政训员。比我们早一个月，王作尧领导的东宝惠边人民抗日游击大队，也改编为"第四战区第四纵队直辖第二大队"（简称第二大队），大队长王作尧，政训员何与成。

中共中央对我们这支初建的人民抗日武装非常重视和关怀，先后派来延安警备区参谋长梁鸿钧、中共南方局干部卢伟良和红军干部李振亚等军事骨干，参加部队的领导和主持军事干部的培训工作。他们以八路军、新四军为榜样建设部队，使部队继承和发扬我军的光荣传统，逐步建设成一支坚强的革命队伍。在这期间，我们在坪山成立东江军事委员会，由中共广东东南特委书记梁广和梁鸿钧负责，对新编大队和第二大队实行统一的领导。

我们在建军初期，虽然接受了国民党统一的番号，但仍保持原来的政治领导和独立编制，坚持在作战行动、军政训练、干部任免和经济上的独立自主。我们利用合法名义，更有利于高举团结抗日的旗帜，争取华侨和港澳同胞的支持。我们保家卫国的战绩，早已名扬海外，侨胞们不仅在精神、物力财力上大力支援我们，而且把儿女送回来，参加我们的游击队，对我们部队的发展壮大，发挥了重大的作用。

在人民群众和侨胞的支持下，我们新编大队积极开展游击战争。同年9月，日军再次占领惠阳县属葵涌、沙鱼涌等地。国民党军退守淡水，我部却主动出击，夜袭敌据点，一举收复葵、沙两地，接着在马栏头山地击退来自沙头角500余日军的反扑，又于12月胜利地伏击了日军一个大队，取得三战三捷的战果。与此同时，王作尧部乘势出击，包围封锁宝安县城南头，迫使日军退出南头，取得首次收复一个县城的胜利。部队在战斗中迅速发展，到1939年底，我们两支部队发展到近700人，在惠阳县的坪山和宝安县的龙华、乌石岩建立了抗日游击基地，初步打开了东江敌后抗日游击战争的局面。

1940年初，国民党第一次反共摩擦的逆流到了广东，香翰屏等顽固派纠集力量向我们两支人民抗日武装进行围攻，两部突围后向海丰、陆丰和惠东转移，遭到国民党顽军的围追堵截，最后两部仅剩下 100 余人，只好分散隐蔽下来。正当我们部队处于生死存亡的危急关头，中共中央 5 月 8 日发来指示，及时纠正了我们在时局判断上和军事指挥上的失误，指出部队东移"政治上是错误的，军事上也必然失败"，又指出"曾、王两部应回到东宝惠地区，在日军和国民党之间，大胆坚持抗日，也不怕打摩擦仗"。这个指示就如黑夜的明灯，给我们指明了前进的方向。我们遵照中共中央的指示，返回东宝惠抗日前线，坚持敌后斗争。

1940 年 8 月，中共广东省委遵照中共中央 5 月 8 日的指示，在宝安县布吉镇的上下坪村召开了部队的干部会议，总结部队东移海陆丰的经验教训，确定了坚持在惠东宝敌后开展独立自主的游击战争，建立抗日根据地的方针，决定将东江地区的人民抗日武装合编为广东人民抗日游击总队第三、第五大队，我和王作尧同志分别担任大队长，林平兼任两个大队的政委，梁鸿钧负责军事指挥，分别进入东莞县的大岭山区和宝安县的阳台山区建立抗日根据地。这次会议，为部队的发展打下坚实的思想基础，是东江纵队发展史上的一个重要转折点。

部队进入大岭山区和阳台山区之后，在广大群众的支持下，打退敌、伪、顽等多次进攻。特别是 1941 年 6 月取得百花洞战斗的重大胜利，广州日军首脑哀叹："这是进军华南以来最丢脸的一仗。"到 1941 年秋，部队发展到 1500 余人，武装民兵 1000 余人，建立了大岭山区和阳台山区抗日游击根据地。与此同时，我们第三大队和第五大队派出部队挺进香港、九龙地区，开展港九敌后抗日游击战，在港九敌后建立抗日游击基地，成立了港九大队、海上中队和护航大队，促进了东江地区抗日游击战争的发展。

在香港沦陷初期，我们游击队还遵照党中央的指示，在廖承志的领导安排下，派员潜入港、九市区，为营救被困留在香港的重要文化界人士和民主人士脱险，进行了一场历时近 200 天的秘密斗争，从日军严密封锁下，先后分十批营救出知名人士及其家属七八百人，并护送他们安全到达大后方。被抢救出来的还有国民党第七战区司令余汉谋的夫人和陈汝棠等国民党官员和眷属，以及美、英、荷、比、印等国的国际友人近百人，连同港九同胞和侨商、侨眷不下万余人，在国内外产生很好的影响，对扩大和加强抗日民族统一战线和国际反法西斯统一战线，起到了积极的作用，受到中共中央的表扬。

1942 年春，根据中共南方工作委员会的指示，成立广东人民抗日游击总队，总队长梁鸿钧、政委林平，我和王作尧任副总队长，部队整编为 1 个主力大队和 4 个地方大队，加强了在东江敌后坚持长期抗战的组织力量。在国民党顽固派发动第二次反共高潮之后，我们贯彻执行中共中央南方局书记周恩来同志关于针锋相对开展斗争的指示，取得了反顽斗争的胜利。同时粉碎了日伪军的"万人大扫荡"，收复了大片失地，扩大和巩固了根据地，卡住了广九铁路这条交通运输的大动脉，控制了大鹏湾和大亚湾海域，破坏了日军的战略部署，支持了南洋各地人民和盟军的对日作战，打开了东江地区抗日游击战争的新局面，敌人惊呼"广州和香港之间地区是治安之癌"。

1943年12月2日，为了适应形势的发展和斗争的需要，根据中共中央指示，广东人民抗日游击总队番号改为广东人民抗日游击队东江纵队（简称东江纵队），我任司令员，林平任政委，王作尧任副司令员兼参谋长，杨康华任政治部主任。东江纵队成立后，乘胜前进，广泛开展游击战争，扩大游击区，壮大我军力量，迎接反攻的到来。仅广九铁路以西的部队就歼敌20多个连，迫使伪军1个营和1个暂编团投诚；港九大队不断袭击敌人的岗哨、巡逻队和海上敌船，炸毁了日军启德机场的油库、飞机，破坏九龙第四号火车铁桥，在市区大量散发传单，使日军陷于惶惶不安的困境；护航大队和大亚湾独立中队在海上袭击敌船，俘虏日军武装运输船，缴获大批重要物资，并向稔平半岛出击，打垮伪海军陆战队，推进到增城、博罗、从化、番禺边区及广州外围，袭击广州郊区罗岗等敌人据点，解放了广州近郊的龙眼洞。至1944年4月，部队已扩大到5000余人，成为东江地区抗击日军的主要力量。在抗战七周年的时候，中共中央和中央军委给东江纵队和琼崖纵队全体指战员的电报中指出："你们在华南沦陷区组织和发展了敌后抗战的人民军队和民主政权，至今已成为广东人民解放的旗帜，使我党在华南的政治影响和作用日益提高，并成为敌后三大战场之一。"中共中央的指示传来，给我们全体指战员极大的鼓舞和鞭策。

由于部队和根据地的发展壮大，对敌斗争的不断胜利和国际声誉的日益提高，引起了盟军的重视。1944 年 7 月，美国的《美亚杂志》发表《东江纵队与盟国在太平洋的战略》一文，指出：东江纵队是"纪律良好，经验丰富，获得地方居民及国外爱国团体支持的一支很强的军队"。10 月，美军派欧戴义到东江，要求与我们合作，共同建立情报站，收集情报资料，为盟军空军对日作战及将来配合我军反攻时在华南登陆作战做准备。我们经请示中共中央同意，与盟军共同设立了情报站和电台，由于我们的情报工作人员的努力，收集到许多重要的情报资料，经请示中共中央同意，提供给盟军对日作战。美国第十四航空队根据我们提供的情报，准确地轰炸了日军的军舰和飞机场等战略目标，得到美国第十四航空队队长陈纳德将军和在华美军司令部的赞誉。他们认为我们提供的情报资料"质与量都非常优越"，"对美军战略部队在中国的组织成功，有着决定性的贡献"。

8 月，中共广东省临委和军政委员会在大鹏半岛和土洋村召开联席会议，会议根据党中央指示精神，做出部队向东、向西、向北发展，全面开展广东抗日游击战争的决定。为适应新发展的形势，全军先后成立了 9 个支队、6 个独立大队,并成立江南(东江以南)、江北(东江以北)、粤北和东进(海丰、陆丰、惠阳、紫金、五华)4个指挥部,分别对各区的部队实施作战指挥,我们把活动地区推进到了广州市郊、粤赣湘边和韩江地区。

1945年8月中旬,日本宣布无条件投降,朱德总司令命令华南日军派代表到东莞地区,由我代表华南抗日游击总队受降。我解放区军民执行朱德总司令的命令,坚决向一切拒绝投降的敌人开展进攻。到9月底,解放了东江两岸、沿海地区和粤北等地的城镇60余处,缴获一批武器和物资,收复大片国土。

在全国抗战中,我们这支远离党中央、远离八路军新四军主力,孤悬敌后,处于敌伪和国民党顽军夹击中的人民抗日武装,在党中央和广东党组织的领导下,从无到有,从小到大,逐步发展成为一支拥有1.1万余人的队伍,组织民兵1.2万余人。转战东江两岸、港九敌后、粤北山区和韩江地区的39个县市,在大鹏湾、大亚湾海域英勇打击敌人,控制着数百里的海岸线和通往香港的交通要道,威胁着敌占大城市广州和香港,收复大片国土。根据地和游击区的总面积约6万平方里,人口450万,对日伪军作战1400多次,毙伤日伪军6000余人,俘虏、投诚3500余人,反击顽军作战300余次,共缴获各种武器6500余件,大量歼灭了敌人的有生力量,牵制了敌人大量兵力,破坏敌人的交通运输和通信联络,严重威胁着日军的南海防线,积极配合全国抗日战场和盟军的反攻作战。东江纵队成为中外共知的一支坚强的抗日武装，成为华南抗日战场的一支主要力量，为抗日战争的胜利做出了一定的贡献。

东莞抗日模范壮丁队[*]

王作尧

1938 年 10 月 11 日，日军炮轰虎门、大亚湾，轰炸广九铁路沿线及惠州、淡水、石龙、莞城等地，配合其陆军于12 日凌晨从大亚湾登陆。

根据日军登陆前中共广东省委的指示，东莞中心县委做了战斗的部署，通知全体党员将能够掌握的武装集合。10月 15 日，全体党员及一些进步青年集中起来，组成一支"抗日模范壮丁队"，经与国民党县政府交涉，我们领到了30 多支枪。中心县委决定将机关设在模范队内，这样党就切实地掌握了这支武装，东莞人民抗日武装一开始就由党指挥枪、枪保护党，东莞的抗日武装斗争从此就轰轰烈烈地展开了。

10 月 15 日早上，模范壮丁队到达大岭山，以飞鹅为中

---

　* 本文原标题为《东莞抗日模范壮丁队的回顾》，收录时做了适当精炼和修改。

心组织和训练战斗部队，并派出工作组到莞太路沿线展开工作。日军占领石龙后，模范壮丁队的一部分和常备队在颜奇和何与成的带领下，到峡口的榴花塔下一带阻击敌人。有一次，一小股敌人乘木船从石碣渡江，途中被常备队以排子枪阻击，日军毫无准备，被打得退回石龙去了。初战的胜利，使战士们备受振奋。随后队长连夜布置，让常备队第一中队第三小队和模范队王尚谦的一个班共有 40 多人，渡过东江，埋伏在刘屋村旁边的一片竹林中，准备伏击日军。但这次战斗只打死 1 名日军，我方队员却有 11 人牺牲，刘屋村的自卫队也有 12 人牺牲。烈士的遗体运回莞城后，在中山公园举行了一个群众性的追悼大会，群众都非常悲愤，情绪也十分激昂，他们高喊"打倒日本帝国主义！""誓为死难烈士报仇！"等口号，当场有不少人要求参加抗日模范壮丁队。

日军占领广州后，10 月 23 日，又占领了虎门。我带了模范队的一部分同志，来到莞太路，会同当地的工作队，派出三个工作组到国民党的军队去做工作，经过一个星期的艰苦工作，驻在白沙的国民党部队有了一些觉悟，与群众的关系也较为密切了，他们答应在敌人前来抢粮时，一定会打击敌人。以后的几天里，敌人沿莞太路向北抢粮时，都被我们打退了。后来有一次，驻虎门日寇倾巢而出，到白沙村抢粮。各村的农民纷纷赶来参加战斗，漫山遍野的人们在各个山上擂鼓助威，将几百名日军击退。这次战斗，模范队动员了农民和国民党部队，用人民战争的方法击退了日军，迫使

116

敌人困守虎门，再也不敢出来了。

11月20日，日军进入东莞县城，下午又沿着莞太线攻到太平镇，次日又源源不断地从石龙沿莞龙路、莞太路运动。国民党县政府、自卫团以及正规部队都竞相逃命去了。

在此情况下，县委召开扩大紧急会议，决定常备队和模范队集中在一起，编成一个大队，由我当副大队长，县委书记姚永光当政委。当讨论今后如何行动这个问题时，东莞中心县委常委内部发生了分歧：一种主张跟着国民党县政府和自卫团行动，在行动中争取他们共同抗日打游击；一种主张避开"南逃"这股退潮，钻进山区，站稳脚跟，开展独立自主的游击战争。正在此时，突然响起了激烈的枪声，敌人开始拉大网了。我们只好立即撤退，一路走一路继续讨论去留问题，到半夜时才做出决定：先派一部分人离开南撤的队伍，到屏山水口一带山区去，其余的人等到天亮后，向自卫团领取弹药粮饷，再到屏山水口集中。我和袁鉴文将几个武装小组编成一个武装小分队，加上一部分伤病员和县委工作人员，一共约60人，向着屏山水口进发。

11月22日凌晨4点左右，我和袁鉴文带领的这支队伍到达水口村前的一个荔枝园。为了安全起见，我派人入村了解情况，从村民口中了解到：村里刚来了一股袁虾九的土匪，约1000人，村里的祠堂、禾场都睡满了人。我当即召集了几个干部一起研究，蔡焯同志提出，我们可以在附近的东山庙集结。但如果让袁虾九他们发现了，打起来怎么办？

当时我想起袁虾九有个左先锋（即参谋长、军师之类）叫王永春，是我的同乡。于是决定去见袁虾九，向他说明情况，争取他不向我们进犯。

我带了邝耀水进入村内，走到一座祠堂门口，对他们说："请传报一声，我是厚街人，有要事前来拜见九爷和永春叔。"有一个人进去，不一会儿又出来说："九爷有请。"

我走进祠堂去，看见在祠堂后厅中间的一张大床上躺着两个人，左边一个矮小黑瘦有 50 来岁，蜷缩着腿，正对着烟灯抽大烟，我估计他可能是袁虾九；右边躺着另一个人，身材高大，可能就是王永春。我于是走向他们做自我介绍。王永春马上说："啊，熟人，熟人。"他转过头对袁虾九说："我认识他的父亲，小时候我们在一起玩的，还沾点亲。"

袁虾九唔了声，问起我怎么会到这里来。我说："我是教书的，日本人打来了，我们一班青年教师和学生都不愿当亡国奴，成立了一个抗日模范壮丁队，县政府又发给我们几十支枪，我们想打游击要抗日。"

"啊，学生军，有志气，有志气，你们几十人怎么去打呢？"

"我们这些年轻人都没有经验，还要请九爷指教呢。"

"唔，现在的世道很乱，做事要小心啊，譬如今天，碰见我算你走运，如果碰见国民党，话就不是这么说了。以后你千万别靠近他们，你们只有几十人……以后你们有困难就来找我吧！"

我与他们寒暄一番后，就退出祠堂，与邝耀水一起走出水口村，返回东山庙。我们这支队伍就暂时驻在这里了。这时，卢仲夫把东坑的武装带出来，与叶镜源带领的大朗武装伏击了日寇之后，来到了东山庙与我们会合。大家决定重整旗鼓，积极开展工作，派出组织干事祁瑞和到百花洞与张广业的东宝边委联系，并打听主力队伍的去向；我则率领其他的队员重返大岭山，发动群众抗日斗争；邝耀水等几位有病的同志则留在水口，一面养病，一面在东山庙建立大岭山与百花洞之间的联络站。12 月初，我率领队伍回到了大岭山区，群众都奔走相告："老模（群众对抗日模范壮丁队的爱称）回来了，又可以跟日本人打仗了！"群众的抗日热情又逐步高涨起来，我们在大岭山区也渐渐站稳了脚跟。

　　日军在大亚湾登陆时，张广业和宝安工作组的同志都撤到了百花洞樟阁村，成立了东宝边区工委。日军"扫荡"时，他们会集了路东清溪、塘夏、石马的抗日武装，成立了"东宝惠边抗日游击大队"，有 20 多人。我率领队伍和他们会合一起开展活动，我们的武装部队拥有 60 多人，其中80% 以上是共产党员，有 2 挺机枪和 40 多支步枪。大家斗志昂扬，决心发动群众，开展抗日游击战争。这时最主要的问题，就是如何找到上级党组织，只有得到党的领导，才能有正确的方向，困难就容易解决了。

　　我和张广业共同研究当前形势，两人做了分工，他负责继续找上级联系，并通过当地党员的关系，向当地的开明士绅借粮借款。我们将队伍定名为"东宝惠边区人民抗日游击队",在铁路以西的宝安和东莞交界地区开展抗日宣传活动,以扩大政治影响。

部队刚活动了两三天,张广业就派人来通知,与上级党组织联系上了,要部队赶快回转樟阁。当时,日军占据澳头、淡水、惠州、博罗、增城一线,东江以南、淡水河以西,一直到珠江边大片土地都是敌后地区了。在这片地区内的国民党部队和政府都跑了,除了有些土匪活动外,就只有我们抗日游击队了。于是我们决定以我为主,在这里独立自主地开展游击战争,并准备在这片地区建立一个抗日武装斗争中心,领导机关也准备设在这个地区,我们选中了清溪附近的苦草洞作为中心的心脏。

1939 年的元旦,我们开始在苦草洞进行整训,将原模范队和其他各地抗日武装合并在一起,组成了一支新的抗日武装,番号正式定为"东宝惠边人民抗日游击大队"。从此,我们这支抗日队伍以新的姿态战斗在东江河畔,坚持神圣的民族解放战争,打击日本侵略者!

百花洞战斗[*]

彭沃　王彪

1940 年 10 月初，我们广东人民抗日游击队第三大队根据上下坪会议的决定，挺进东莞县的大岭山区，为发展敌后游击战争、开辟敌后抗日根据地进行了艰苦卓绝的斗争。大岭山区位于东莞县的东南部，东面是广九铁路与东莞（樟木头）公路，北面是莞城，南面与宝安县的阳台山遥遥相望。百花洞村位于大岭山东面的一片荔枝丛林中。

第三大队挺进大岭山区之后，在地方党组织和广大群众的大力支持和配合下，建立了大岭山区抗日根据地，连续取得了一系列的胜利，部队迅速发展壮大。日军深感震惊，调集了大批兵力向大岭山根据地扑来。1941 年 6 月 10 日，驻东莞、太平、桥头的日军长濑大队 400 余人及伪军 200 余人，分两路奇袭我大岭山中心区的百花洞，妄图一举消灭我

---

[*] 本文原标题为《百花洞战斗侧记》，收录时做了适当修改。

军主力，摧毁刚建立的大岭山区抗日根据地。11日清晨，敌人一路从桥头经大径、大环，向百花洞进犯；另一路主力则从东莞经上下山门、髻岭，向百花洞村合击。

当时，第三大队队部率第三中队驻大王村，二中队驻大环村，一中队驻大沙长圳村，民运部驻百花洞村。战斗部队总数不到200人枪，配有2挺机枪，步枪大多数是双筒漏底，子弹不多，面对装备精良、训练有素、数倍于我军的凶恶敌人的进攻，敢不敢与敌人战斗，敢不敢与敌人拼搏，这是对我军的考验。为了保卫抗日根据地，保护人民的利益，我军依靠人民群众，坚决迎击敌人。紧急动员各乡民兵迅速占领了百花洞周围的高地，三大队队部与二中队、三中队占领百花洞至大环一带的高地。

11日晨，敌人先头部队已到百花洞，大队人马正从髻岭向百花洞开来，骄横的敌大队长长濑骑着一匹高大的战马，神气十足地挥舞着指挥刀，率领着日兵直扑百花洞村。我们的机枪班班长吕苏同志，是一位身材魁梧射击准确的机枪射手，当他发现走在前头的骄横的敌大队长时，顿时满腔怒火，他屏住呼吸，将机枪对准目标，嗒嗒！嗒嗒！一排排愤怒的子弹射过去，敌大队长长濑随即人仰马翻，滚到路旁，同志们不约而同地齐声高呼："打中了！打得好！"日军遭我们突然袭击，一时队形大乱，赶忙抢占有利地形，集中密集炮火向我阵地打来，我们迅速向敌人发起冲锋，大家像老虎般勇猛地向敌人扑去。

百花洞周围有一片果树林，使敌我双方都难以观察对方。我第二小队冲锋在前，突然在百花洞村北边的荔枝园中与十余个敌人相遇，敌人掉头往后跑，我们紧紧地追赶。这时，一个来不及跑的日军军曹高举指挥刀号叫着，向我们扑来。在这千钧一发的时刻，机智勇敢的班长吴提祥，手疾眼快地将手中的七九步枪对准了敌人，"砰"的一声枪响，敌人应声倒地，接着我们将这一小股敌人包围在一个坟地上。当我们要组织火力继续向敌人进攻时，机枪却出了故障，撞针打弯了。班长张兴立即带领全班战士向敌人的阵地冲锋，不幸身中数弹，壮烈牺牲。小队长祁和、指导员韩藻光平日学会几句日语，他带领一班战士摸到靠近敌人不远的地方，操着日本话，放开嗓子，向日军喊话："缴枪不杀！""优待俘虏！"劝鬼子投降，但是敌人不予理睬，继续开枪顽抗，他们两人先后都被打伤了。大家气坏了，恨不得冲上前去消灭敌人，可是手中既无手榴弹，又无刺刀，只好包围着敌人，伺机消灭他们。

敌人在我军打击下，龟缩在百花洞、髻岭和大横之间的山地上，他们发动了冲锋，企图夺路逃命。但我抗日军民坚守阵地，打退了敌人一次又一次的反扑。

激战到下午3点左右，敌人两次施放烟幕弹图突围，均未得逞。随后，敌人放出军鸽向石龙日军求援，亦被我大沙自卫队击落，缴获日军求援报告及地图。入夜，敌人龟缩在连平圩、百花洞、大环之间的山岗上固守待援，我们组织了突击小分队，向敌人不断袭击。次日上午，战斗几乎处于胶着状态，敌派空军投粮食弹药，部分为我军所获。下午，日军从广州、石龙出动步兵、骑兵1000余人前来救援，被困敌人始得逃脱。

在这次战斗中，大岭山区根据地的抗日自卫队英勇作战，广大群众对部队给予大力支援，起到了很大的作用。当各乡的抗日自卫队获悉敌人来犯的消息后，立即抢占高地，登山战斗，洋枪洋炮、土枪土炮一齐轰击敌人。各村群众，纷纷登山助战，四处鸣锣击鼓、呐喊助威，有的老乡在铁皮桶里放鞭炮，发出机枪鸣响般的声音，吓唬敌人。日军一进大岭山区，就陷入我人民战争的汪洋大海之中。

敌人突围时，有3名日军被大径的抗日自卫队截击。狡猾的敌人躲藏在一块抽穗的稻田里，用步枪的通条撑着钢盔插在田里，吸引自卫队的火力，人却躲在另一旁。待我方接近时，突然瞄准开火，自卫队上一次当之后，便识破了敌人的阴谋，于是集中火力狠狠地向这3个狡猾的家伙射击。我们将其击毙后，缴获了3支三八式步枪，向敌讨还了血债。

百花洞战斗，共毙伤敌五六十人，给日军以沉重的打击。正如日军自己说的："这是进军华南以来最丢脸的一仗。"从此，日军再也不敢轻易进入我大岭山区抗日根据地"扫荡"了。

深入敌巢夜歼"挺进队"*

王　锦

1944 年 5 月，港九大队海上队"大华队"缩为一个小队，由我任队长。农历八月十三日，海面上突然出现一艘从沙头角开出来的日军巡逻艇，离我们南沃湾驻地很近，但不敢进入湾内，估计是巡逻警戒。十五日早晨渔民向我报告，在黄竹角停泊着三只木船，对来往船只进行检查抢劫。此时，港九大队政委黄高阳也通报我说，沙头角敌人最近组织一个"海上挺进队"，由一名日军军曹充任队长，带着两三只木船，在黄竹角附近海面上活动，要我们特别小心注意。这一情况表明黄竹角停泊的那三只木船可能就是"海上挺进队"，这是敌人在大鹏湾内秘密安下的一个新的活动据点，借此保护他们自己的海上交通运输线，并封锁我们由九龙、大埔经此往盐田、大小梅沙把物资运往东江游击区的海上运

＊ 本文节选自《港九海上打游击》，收录时做了适当修改。

输线。大队政委黄高阳下午把我叫到南沃圩交通站圩楼布置任务，要我带两只船到黄竹角海区，乘敌立足未稳之际，采用夜袭的方式，拔掉敌人的这个据点，保护渔民生产和来往客商及船只安全。

因任务紧急，我去大队受领任务前，已部署部队做好一切出海准备。受领任务后，为抓紧时机，我没有返回驻地，而是直接赶到停泊在南沃港的船上。那时部队已做好出海准备，我首先召开班以上骨干会议，传达黄高阳政委介绍的敌情，与大家研究具体的打法。同志们听到要打仗，都高兴得跳起来。按照会上的部署，分头检查落实的情况。曾佛新班长领着石观福等几个人看鱼炮扎得紧不紧，引火线、雷管准备得怎样；李泰检查那挺重机枪擦得如何，子弹带装得行不行；罗兴检查战防枪擦得合不合要求，子弹装得有没有毛病；年龄最大的舵手来伯和吴有满等检查桅杆绳索、舵帆绳、桨等，其他同志也都分别检查自己的枪支弹药的准备情况。出航准备完毕，我当即下令起航，战船乘着夜色的掩护，悄悄地朝着黄竹角方向驶去。

这是个中秋夜，本来月色是最明的，但今晚却被浓云遮没了，水天茫茫，海面上的东南风呼呼地把紫红色的船帆吹得像挂在桅杆上的大鼓。靠老天爷的帮忙，两条战船像飞出的快箭，一直向前疾进。

这次行动，是我们建队以来第一次深入敌人海域遂行海战，没参加过战斗的新同志心情都有些紧张，但都很沉着，都伏在船上，没有半点声息。曾在陆上参加过战斗的同志都在互相鼓励，告诉新同志要沉住气，不要暴露目标。虽然海面上一片漆黑，我看不见每位同志的动作和表情，但我心里总感到每位同志都在紧握着枪，注视着前方，时刻准备着战斗。一会儿，天上忽然下起雨来，雨点啪啪地打在帆上，打在同志们身上，同志们立即活跃起来，因为这正是我们夜战求之不得的"好天气"，敌人绝对想不到我们会有这样的胆略，在这样的天气，深入他们的老巢里去袭击他们。

半夜 2 点钟，我船来到红石门海面，在船头瞭望的重机枪射手李泰报告，正前方黄竹角方向发现一道不断闪动的手电筒光。我想，海上渔民也常用手电筒，但不会出现这样闪动的现象，很可能是日军"海上挺进队"在打信号。我当即命令大家做好战斗准备，这时同志们个个像渔民发现海面上的鱼群那样，警惕地注视着手电筒光。我船当即向手电筒光的位置靠过去，忽然看到右前方靠近小岛岸边有一堆黑影，原来是三条木船并排地停在一起，这无疑是我们要袭击的目标了。我们立即按照战前预定的打击方案行动，二号船向敌船左侧靠近，我坐的一号船直插敌船右边。

我船飞驰前进，眼看着就要接近这三条船了，奇怪的是对方却没一点动静，我心想，难道这不是敌船？为什么没动静呢？可能都睡着了？我正在仔细观察时，敌船哨兵突然向我船大声喝问，话音未落，即砰砰打来两枪。同志们没等敌人打出第三枪，船上所有火器即同时向敌船开火，一道道火

127

光织成一张火网笼罩着敌船。这一突然袭击发生在距敌人老巢沙头角镇只有3海里的海域里，敌"海上挺进队"是万万没预料到的。被我军枪声惊醒的敌人，顿时像热锅上的蚂蚁乱成一团。正当我一号船乘敌人混乱之机发起冲锋时，老天爷不给帮忙，风力突然减弱，船速放慢了。敌人趁机重新组织火力向我一号船还击，来伯、吴有满等同志见势不妙，勇敢地站起来，冒着敌人弹雨奋力摇橹、划桨，使我船迅速逼近敌船，取得战术上的主动。就在敌人集中火力妄图阻止我一号船前进时，我二号船也迅速地接近左边的敌船，在离敌船只有20多米距离时，曾佛新、吴贵来一连投出两枚鱼炮，一声巨响，敌船马上燃烧起来，火力顿时不响了，船也开始渐渐下沉。这时候，我一号船已接近右边的敌船，石观福抢先投出的一颗鱼炮，炸得敌人叽哇乱叫。中间的那条敌船见势不妙，企图升帆逃跑，正在船头上打重机枪的李泰、丘求两人，手疾眼快，顺手操起一根长竹篙，钩住敌船的帆绳，只见他用力地拉，随着船篙一悠荡，即跃上敌船，大声喊道："哪里跑！"这时石观福和其他几个同志也手持枪支、鱼炮，从左边被炸起火的敌船跃上要跑的敌船，敌人吓得丧魂落魄，急忙降帆求饶，一场海上夜袭胜利结束。在逐船打扫战场，清理俘虏时，我们才发觉那个日本军曹领队不见踪影。我再次下令在尸体中进一步寻找，还是没有，经审讯俘虏才了解到，那家伙胆小如鼠，当我们鱼炮一响，他就带着几个人投海往岸边那个小岛游去逃命了。

被炸敌船燃起的大火，把黄竹角海面黎明前的黑暗照得通红，不一会儿，敌船就下沉到半浮沉状态。雨也停了，一轮红日在东方海面冉冉升起，我们正准备扬帆胜利返航，忽然，黄竹角对面小岛边上响起枪声，朝我军方向打来，是哪里来的枪声？是敌人出动援兵了吗？为了弄清情况，我再次审讯俘虏，从他们嘴里我们才知道，敌"海上挺进队"这次从沙头角出动六条船，分别在两边岛岸停泊，以封锁这一航道，当我们袭击这边三条船时，对面那三条船一时摸不清我们的实力和意图未敢前来援救，当敌人发现我队只有两条船时，就拼命向我们射击，企图把我们拖住，等待沙头角驶来炮艇把我消灭。黄竹角离沙头角镇只有三四海里，敌炮艇用不了十分钟就能赶到，我们才不上敌人当呢！我命令部队一面组织对敌船还击，一面靠近岸边朝南方向返航。这次战斗共炸沉敌船 3 艘，毙敌 25 人，生俘 13 人，缴获机枪 2 挺、冲锋枪 4 支、步枪 20 多支、手枪 4 支。这是第一次海战的大胜利，同志们一夜没睡是够疲劳的，但在胜利的鼓舞下，个个精神焕发，有的高兴地唱起《游击队之歌》："没有枪、没有炮，敌人给我们造……"有的议论所缴的武器应分给哪个班，七嘴八舌地把一夜的疲劳全忘了。部队回到南沃港不到一小时，敌炮艇已从沙头角追上来了。此时我队已登陆占领山头，把重机枪架在阵地上等待着……敌炮艇见我船已进入南沃，并转入山上阵地，不敢再进来，只好掉头灰溜溜地退走了。

初战的胜利，提高了我们开展海上游击战的信心，同时也给大鹏湾内沿岸渔民很大的鼓舞。"海上挺进队"部分被歼之后，纵队《前进报》做了头条的专题报道，我们部队在南沃港的沙滩上召开军民庆祝大会，附近村民群众都来参加，他们看见我游击队在海上俘虏这么多敌人，缴获这么多武器，都称赞地说我们的游击队"真是顶呱呱，陆上能打，海上也能打，真是人民的好队伍"。从此广大渔民群众掀起轰轰烈烈的参军热潮，部队不断壮大。

铜锣径伏击战

邓　汀

铜锣径是惠阳县龙岗区横岗镇到碧岭村的一条狭长山谷，地形险要，它的北面峯禾嶂南麓和南面打鼓岭北麓，都是二三百米高的秃山，山势陡峭，难以攀登，是理想的伏击战场。

1942年4月上旬，广东人民抗日游击总队惠阳大队连续在沙鱼涌、沙头角、盐田等地袭击日本侵略军，13日转移到打鼓岭南边的山子下村。我在这一天，从民运队调到惠阳大队入伍。当时惠阳大队下属只有三个小队，第三小队派出到横岗外围活动，第一、二小队在山子下村，我被分配到第二小队一个班当政治战士。14日天亮前，部队吃过早饭就拉上山子下村后山的一条山沟中隐蔽。这条山沟树木较多，部队就分散到各处树丛下休息。山沟中有一个水潭，水潭边有一块突出的大石，泉水从大石上流下，形成瀑布。大石下溅不到水，战士们戏说那是"水帘洞"，都跑进去玩，还说："我们都上花果山当猴子了！"虽然连日来行军作战比较疲劳，但同志们情绪很高，士气旺盛。

上午9点，哨兵报告从横岗方向到铜锣径来了一队日本兵，有70多人，都是轻装；还有几十匹马，也都是空身的。战士们一听日本鬼子撞到我们的枪口下来了，顿时活跃起来，认为杀敌报国的好机会又到了，个个摩拳擦掌，恨不得马上投入战斗。惠阳大队彭沃大队长和熟悉当地情况的高健副大队长分析研究了情况，认为目前手上只有60多人，兵力不及日军，武器更不如，这只能给敌人一个措手不及的杀伤。但此刻日军已快行进到打鼓岭北麓山脚下了，已来不及勘察地形、选择阵地，现在就把部队拉上打鼓岭山顶作战，显然过于仓促，难于取得大的战果。而鉴于驻横岗的日军已多次到碧岭一带抢掠粮食和稻草，这次又带着这么多战马轻装出动，必然又是到碧岭去抢掠，当日也一定会返回横岗，不如待日军返回时再打，那时日军已折腾了大半天，必定疲惫困乏，麻痹松懈，而我们则做好了充分准备，以逸待劳，战果肯定会更大。于是彭沃大队长命令部队注意隐蔽，哨兵加强监视，任由日军"平安"过径。待日军通过后，他即带领两个小队长到打鼓岭山顶去看地形，选择最佳的伏击阵地，并划定各步枪班和机关枪班要占领的位置。战士们则利用这个时间检查弹药，擦拭枪支。大家养精蓄锐，等待日本侵略军返回时给予迎头痛击。

下午近3点，哨兵报告，日本侵略军在碧岭一带大肆抢掠后已回返，正爬上铜锣径的东口。彭沃大队长即命第一、二小队迅速登上打鼓岭山顶，分别占领已划定好的位置。这时，我趴在山上，利用较长的山草做掩护，探头看到了日本鬼子迈着疲惫的脚步在缓慢行进，驮着大捆大捆的抢掠来的粮食和稻草的战马也是很吃力地慢慢往前走，整个队伍显得麻痹松懈、毫无戒备。待到日军进入伏击圈，彭沃一声令下："打!"两个小队的步枪、机关枪和掷弹筒一齐开火，愤怒的子弹像暴风骤雨般倾泻下去，日本鬼子顿时被打蒙了，全队在原地坐立不动，等待指挥官下达命令。彭沃大队长抓住这个时机，要求部队集中火力狠狠地打，特别是掷弹筒手好好瞄准，做到发发都在敌群中开花，以最大火力杀伤敌人。在我们猛烈密集的射击下，日军东倒西歪、号啕大叫，一片狼藉，很多战马应声倒地，未被打死的甩掉或仍驮着粮草在田埂中乱跑。

这时，那些未被打死的日军，在其指挥官的命令下分散躲藏到铜锣径大路边的水沟中去了，并依托水沟边上的石头以步枪和机关枪向我们还击。为了避免不必要的伤亡，彭沃大队长命令一部分战士退到背敌方向的山棱后边，只留一部分较有作战经验、射击较准的战士在山棱上监视敌人，发现目标就狠狠打击。在打鼓岭西侧向下延伸的一条山脚下，彭沃大队长特意在那里部署了一个班，封锁着碧岭方向的来路，又截断日军返回横岗的退路，对日军威胁很大，所以日军对那里射击较为猛烈，企图把我们那个班打走。双方就这样相持了一段时间，在激战中战士黄明、张达生、林平看到日军一挺歪把子机关枪的射手被我们打死，机关枪撂在一边，于是冲下山去，想把这挺机关枪缴获过来，不幸却被躲在水沟中的日军击中英勇牺牲。

伏击战进行了近一个小时，彭沃大队长计算到铜锣径离横岗不到5公里，日军的援兵很快就会到来，而大量杀伤敌人的目的已达到，为了争取主动，于是果断地向部队下达分路下山，向三洲田村撤退的命令。在我们已经下到近半山腰的时候，日军的援兵果然开到了铜锣径西侧，架起山炮向打鼓岭山顶乱轰。彭沃大队长大声对大家说："同志们不要怕，我们现在是处于日军山炮的射击死角，炮弹打不到我们，放心大胆地走好了！"大家听了彭沃大队长的话就说开了，有的说："日本鬼子大概就有这点本事了，打了败仗没处出气就找山头出气了！"有的则说："要'感谢'日军才是，人家怕你们在打鼓岭上打伏击，枪声传得不够远，要放炮为你们扩大宣传！"大家一路说说笑笑，忘记了战斗的疲劳，也不觉得山路崎岖，轻轻快快地走到了撤退的目的地。

铜锣径伏击战是一个以少胜多、以弱胜强的战例，给东江人民极大的鼓舞。

这里还有一个有趣的插曲。我们把群众捉住的那三匹日本战马，连同广东人民抗日游击总队写给国民党广东当局要求停止内战一致抗日的公开信带到淡水镇，交给那里的国民党驻军，让其向上转交，并着人在马的身上写上"曾生游击队缴获的日本战马"几个大字。沿途的群众争相观看，无不拍手称快。

西海大捷

谢立全

西海乡是顺德西江水道的咽喉，东距重镇市桥 30 里，西南距县城大良 24 里，西北、东南都是村庄，有四座山拱卫着；西南是一片果林、藤田、桑基和大大小小的鱼塘，河涌纵横交错，一条大涌横贯全乡，主要路口都筑有炮楼，不熟悉地形的人，可说是难辨方向，寸步难行，是我们开展游击战的好地方，是军事上必争之地，又是我们在珠江三角洲刚刚建立起来的抗日游击基地。保住这块基地，对坚定这一带地区人民群众的抗战信心，有着重大意义。

1941 年 9 月，敌人对西海进行了两次试探性进攻，我们判断敌人可能从三个方向进犯西海：一路在涌口登陆，由南向北攻；一路在河沼登陆，占领路尾围后，继续向石尾岗、横岸岗发动攻击；一路从碧江、泮浦来犯，攻占桃村后，继续从东北角向西海窜进，形成三面合围之势，然后攻占西海。因此我们决定分三步打：第一步，当敌人气势正锐时，运用运动防御和短距离反击，阻滞和大量杀伤敌人；第二步，当敌人消耗到一定程度时，集中兵力歼其一路；第三步，对敌人进行全线反击，迫使敌人全线瓦解。保卫西海的战斗口号，使广大群众行动起来了，他们纷纷表示决心，要和部队一条心，同敌人战斗到底。群众络绎不绝地把白米、番薯、鸡蛋等挑来送给部队，60多岁的何秀东老大爷拉着战士们的手激动地说："你们打吧！狠狠打吧！我家的大肥猪是留给你们的。打了胜仗，我把它杀了白送来，同你们痛饮几杯！"

一天拂晓前，各路侦察员回来报告，敌人兵分几路，水陆并进，逼近西海。一路由李塱鸡的心腹、伪军团长兼前线总指挥祁宝林率领，从市桥方面开来，这是敌人的主力；另一路由伪护沙总队队长李福带队，从紫坭方面过河，向我路尾围进逼；又一路由伪军团长李益荣率领，从碧江方面来犯；还有伪保商卫旅团团长黄志达率领一路开抵泮浦，直逼桃村。天还没有亮，远处隐隐传来隆隆的汽艇声，各路敌人都已到达西海外围了，早上6点敌前线总指挥祁宝林率领主力部队，在密集的炮火掩护下，分乘两艘汽艇拖带的木船，在涌口强行登陆了。

敌人来势汹汹，仗着数量上的优势和精良的装备，一在涌口登陆，便大摇大摆地向涌口和西海之间的一间土榨糖厂猛扑。我前哨小队沉着地埋伏在阵地上，等到敌人逼近，用机枪和手榴弹出其不意地给敌人一阵突然杀伤，然后迅速撤进茂密的甘蔗林中，引诱敌人进入我们的袋形阵地。祁宝林眼巴巴吃了这个眼前亏，满肚子气，便下令集中火力向糖厂猛烈轰击，大举进攻。战斗越来越激烈了，狂风暴雨般的炮弹枪弹，四下轰鸣着、呼啸着，震耳欲聋。枪炮声一阵比一阵密，敌人在付出惨重代价之后冲进了糖厂，接着又用一个营的兵力攻击南炮楼。我们高踞南炮楼的战士们，用猛烈的火力截击敌人，地面部队用手榴弹轰击冲进来的敌军，敌人被打得退回糖厂。

这时路尾围方面也早已打响了。李福的伪护沙总队在猛烈的火力掩护下从河滘登陆，冲上了路尾围。就在这时，逼近西海背后的伪军李益荣、黄志达团也同时向我北面防御阵地发动进攻了。敌人前呼后拥，四面夹攻，整个西海战火纷飞。冲上路尾围的敌人一开始小心翼翼不敢冒进，每前进一步都向两旁甘蔗林大扫一轮机枪。我们防守在路尾围炮楼和埋伏在甘蔗林中的战士们一枪不发，非常沉着地监视敌人。李福看见周围没有动静，以为我们撤退了，便壮起胆子，指挥他的大队喽啰一边用机枪乱扫一边向炮楼冲过来，等敌人将要冲到炮楼跟前时，隐蔽在炮楼两侧甘蔗林中的部队突然机枪和步枪一齐开火，一排一排手榴弹也在敌群中猛烈爆炸，冲过来的敌人像一堵颓墙般倒下去了。敌人挨了这记闷棍慌忙后撤，惊魂甫定又再度集结起来向炮楼冲过去，可是他们接二连三的冲锋都被我们一阵阵猛烈的火力打退。李福眼看势头不对，连忙改变进攻路线，拐头沿着大基扑向石尾岗，企图从石尾岗拦腰插入西海。石尾岗对面是一片绿油油的稻田，李福估计我们绝不会在那儿埋下伏兵，以为他的进攻路线找对了，便沿着田基摆开一字长蛇阵冲向石尾岗。哪知就在那几株毫不引人注目的番石榴树下，正好埋伏着我们一个中队的战士，当敌人大队人马进入离我伏击阵地四五十米远的地方，我们一齐开火，接着又投过去一排手榴弹，打得敌人纷纷倒下去，侥幸活着的四散奔逃。后面的敌人弄清了我们的伏击阵地，正想还击时，战士们已经冲上大基，对准敌人猛烈扫射，这一迅雷不及掩耳的袭击，打得他们难以招架，只管夺路狂逃，失魂丧魄窜回路尾围。可是当敌人退近路尾围时，又遭到埋伏在甘蔗林中的冯扬武部队的伏击，两路部队把乱成一团的敌人夹在中间穷追猛打，有的跪地求饶，有的扔掉武器钻进甘蔗林里逃命。这个回合，我们打得干脆利落，毙伤敌人 140 余名、俘敌 50 余名，缴获一大批武器，斩断了敌人从路尾围伸向西海的一只魔爪。

在路尾围方面告捷的同时，从碧江、泮浦方面来犯的敌人也遭到我军部队坚强的阻击，萧强、陈绍文两个中队利用西海村东的横岸岗、石尾岗两个各约 20 米高的并列小高地和北炮楼，构成了防御阵地，把敌人的几次进攻都打了下去。忽然南炮楼防线突趋紧张，冲进糖厂的一路敌人吹起冲锋号，以一个营的兵力在火力掩护下发起猛烈攻击，被我南炮楼防线的部队击退。祁宝林亲自临阵督战，用"杀鸡儆猴"的手段，当场枪毙了两个后退的伪军士兵，然后又下令吹响冲锋号，用枪口对准士兵的背脊，胁迫他们一再向南炮楼攻击。这时形势十分危急，我命令冯剑青和黄江平两个中队迅速封锁缺口，我们以反冲击将冲进来的几十名伪军大部消灭，剩下的十多个也成了俘虏，我们迅即收复了原来的阵地。

当战斗正在激烈进行、敌人被打得焦头烂额的时候，敌首祁宝林中弹负伤了，就在敌人主攻部队的阵脚开始骚动的时候，忽报李塱鸡亲自出马，带了炮兵队和两个步兵营从碧江赶来增援。整个战斗白热化了，炮声、枪声、手榴弹声，轰隆隆地混成一片，西海上空浓烟滚滚遮天蔽日。但是不管敌人多么疯狂，我军各条战线上的战士始终斗志昂扬，群众也一心一意支援部队，没有一个人畏缩不前，没有一个人知难而退。战士们个个生龙活虎，越打越勇，打垮了敌人三番四次的进攻；在后方，妇女会、利农会的会员和临时参加后勤工作的群众，在枪林弹雨中救护伤员、送茶送水送弹药，有力地支援了部队作战。

这时，吴勤司令也动员了何成和其他地方武装百余人从陈村驰援我们。我们抓紧时机把"袋口"收拢起来，并命令迫击炮手准备轰击，掩护林锵云、刘向东率领冯剑青中队和民兵中队从正面出击，我带着黄江平、梁冠两个中队和地方武装穿过甘蔗林，向糖厂一线敌人的左后方迂回过去，切断敌人的退路。

从正面出击的战士们在林锵云、刘向东指挥下向敌人冲杀过去，敌首祁宝林正想带领他的残部向涌口方面退却，不料糖厂已被我迂回部队占领了，最终被包围压缩在糖厂和南炮楼之间约500平方米的甘蔗田里。我们集中了十多挺机枪的火力，对准四散奔逃的敌人交叉扫射，敌人陷入重围慌作一团，大部分缴枪投降，残余的拼命往西逃命。祁宝林也失魂落魄地抛弃了他的部众，带了几名卫兵窜进甘蔗林中，企图向江边方面溜走。可是，这里正好是陈胜等人设伏之处，他带领两名战士侧身伏在一畦甘蔗后面正在伺机出击，忽然看见几个伪军扶着一个长官模样的胖子窜进蔗林，三人一齐向胖子开枪，只见那家伙身子晃了晃便倒下了，这个胖子就是伪军前线总指挥祁宝林。

　　其他各路敌人在密集的炮火下发起攻击，我军防守在桃村、横岸岗、石尾岗一带的萧强、陈绍文两个中队，在敌方绝对优势的火力压迫下撤退到西海涌西，涌东被敌人占领了。就在这危急的时刻，何达生小队机智勇敢地破坏了桥梁，并利用街亭封锁了要道，粉碎了敌人两次要冲过涌西的企图，使敌人遭到重大伤亡。这时，敌我双方各占半个西海，形成隔涌对峙的形势。这时埋伏的战士们从甘蔗林、田基、塘边跃出来了，部队主力又冲杀而来，把祁宝林残部紧紧围住，敌人被打得尸横遍野，少数漏网的不是掉进河里、涌里淹死，便是东窜西闯最终被俘。至此，我们已粉碎了涌口一路敌人的进攻，歼灭了敌人一个团的兵力。但涌西的情况仍然十分紧张,残敌尚未全歼,西海的情况仍比较混乱,我带领主力增援涌西准备全线反击,林锵云动员西海群众配合部队打扫战场,肃清残敌。

战斗一直持续到太阳偏西。李福的伪护沙总队早就在路尾围一带被打垮了,祁宝林团也被歼灭了,我们将部队重新部署,反击侵入涌东的敌人。我们将十多挺机枪集中架在涌基和涌西的房顶,与迫击炮构成密集的火力,向涌东的敌人轰击;同时用两个中队的兵力组成先头梯队,在猛烈的火力掩护下,泅水过涌,占领了涌东的部分地区;大批后续部队接着跟进,攻占了石尾岗、桃村岗。敌人经不起我们的冲击全线溃退,冯扬武率部突然从路尾围闪出,截击溃退的敌人,又歼灭了敌人两个连。残余的敌人被我们追击得走投无路,涌东涌西到处都是伪军的残兵败卒。这时,我们大获全胜的消息已经远近传扬,许许多多在战前疏散到西海外围的群众都在捷报的鼓舞下回来了。林锵云马上动员了西海几百群众,有男有女、有老有少,手拿锄头、棍棒、艇桡、铁枝,纷纷四出抓俘虏去,简直分不清谁是战士、谁是老百姓。

太阳西沉,战斗结束了。我们这支只有三四百人的部队,在西海人民的大力支援下,以少胜多,打垮了敌人一个师的进犯,毙伤伪团长兼前线总指挥祁宝林以下共 500 余人,俘敌副团长以下 300 余名,彻底粉碎了敌人的进攻,胜利地保卫了西海根据地。

植地庄八勇士[*]

梁 铁

1944 年 7 月下旬，我们活跃在珠江三角洲禺南地区的人民抗日武装广东人民抗日游击总队第二支队二大队 250 人，正集结在番禺县植地庄，准备第二次进袭市桥敌据点。临行前，恰遇台风暴雨，道路全部被洪水淹没，行动受阻，突然遭受驻广州市郊石榴岗由吉田大佐指挥的 500 名日军袭击。

这天拂晓，村子北面、东面和西南面的山岗，已被敌人占领。眼看部队就要处在四面被包围之中。大队首长见形势对我们十分不利，当即决定撤退；由副大队长卢德耀和中队长何达生各率一个班分别在村内外牵制敌人，掩护群众和主力部队分三路突围。

转眼之间，战斗就打响了。主力部队经过一场激烈的战斗，以受重伤 22 人、牺牲 48 人的代价，终于突围出去了。

---

[*] 本文原标题为《八勇士坚守植地庄》，收入时做了适当修改。

为了使主力部队彻底摆脱敌人和保护在村里没有来得及撤走的群众，何达生中队长带领部分同志坚守在村里。

何中队长他们利用敌人调整部署的战斗间隙，在群众的协助下，赶忙把村子的闸门堵死，并在围墙下构筑了掩体；然后，把20多个未能转移的群众，全部集中到村东头准备到最后坚守的大祠堂里掩蔽起来。天亮后，敌人果然以为我们主力部队还在村里，便集中力量向村内攻击。

何中队长考虑，敌人如不砍掉竹林，从村西边是进不来的；东边是个大池塘，也无法通过。估计敌人要进攻，一定是从南、北两面，但北面还有个小池塘隔着，只有一条路能过来，比较好守。地形最差的是南面，于是，命令吕成同志率三个战士带一挺轻机枪，守在北面，剩下的由何中队长亲自带领守在南面。

果然，炮声一停，敌人从南、北两面夹攻上来了。这里，陈耀祥跟何中队长在村南面闸上，100多名敌人端着上了明晃晃刺刀的步枪顺着山坡下来，战士们严阵以待，何中队长交代先用步枪打拿指挥刀的和带头的，后用机枪手榴弹打成堆的。敌人越来越近了，当距围墙闸门还有30来米的时候，何中队长一声喊"打"，陈耀祥和曾九"砰""砰"两枪把带头的鬼子指挥官都打倒了，接着机枪猛扫过去，一顿机枪、手榴弹把敌人打得乱了阵脚，丢下一片死尸掉头就跑。

当把南面的敌人打退的时候，北面的枪声和手榴弹声还激烈地响着，何中队长拉上陈耀祥说："跟我到北面去看看！"等他们跑到北面，北面的敌人也开始退了。但吕成同志在关闸门时壮烈牺牲，整个阵地只剩下何达生和班长黎明、机枪手植枝、弹药兵陈耀祥、通信员梁细九及战士黄贤、曾九、孔联等八个人了。但大家斗志高昂，决心与植地庄共存亡。

敌人几次进攻都被战士们给打退了之后，改变了进攻方向。部分日军在村西头斩开竹林，爬过围墙进入村内，逐步搜索，焚烧民房。何中队长见状，即指挥大家迅速把村中巷道的闸门锁上，把窜入之敌困在一条巷内。民兵陈炽乘机推倒一面残墙，截断了火路，又打开烧着的猪栏门栅，放出十多头猪。这些猪左冲右突，尖声乱叫，弄得日军莫名其妙，加上战士们利用门楼、小围墙、窗户、墙角向敌射击，打得敌人疑神疑鬼地以为中了我军的埋伏，慌忙地爬墙逃回村外。

何中队长想：敌人一定会再从三面进攻，便决定把力量集中起来，坚守在村东头的大祠堂。祠堂门朝南，左、右两侧斜对着东西边通过来的两条巷子，若把这两条巷子封锁住，敌人就无法接近祠堂。战士和群众一齐动手，很快便用砖头石块和门板床板把祠堂和前面土墙上的两个闸门堵死，然后在祠堂左、右两侧的墙壁上挖了些枪孔。一切刚准备好，战斗就开始了，鬼子从墙角出来一个就被打倒一个，被打倒七八个以后，吓得缩在巷墙后面再不敢露头了。

鬼子见攻不上来，又从东山上用迫击炮朝祠堂里打，大部分炮弹都没打准，有些打准的也都被祠堂门前的一棵古老的大榕树给挡住了，炮弹把树皮炸得乱飞，可是连战士们一根毫毛也没碰着。炮声一停，鬼子又露头，还和以前一样，被一枪一个打得没法冲上来，有个指挥官刚一露头就被何中队长一枪放倒了。鬼子突然吹起号来收兵了，大家正在发愣，突然若有所悟说："一定打死个鬼子的大官儿，这是吹报丧号！"祠堂里的紧张气氛一下子又活跃起来了。

　　这时太阳已经偏西，何中队长让大家轮流监视，抓紧时间休息。过了有半个小时，鬼子又用炮朝祠堂里轰，这一阵轰足有十分钟，把祠堂前面的土墙和闸门都轰塌了，大榕树的枝干也差不多都给炸光了。鬼子可能发觉祠堂里的人数不多，当炮声一停，便顺着两条巷子成群地冲上来。正在这时，我们的机枪突然哑巴了，北面巷子里的鬼子趁隙蜂拥而上。何中队长见情况紧急，便命令快去找水，冷却机枪，又命令陈耀祥带几个自动要求参加战斗的青年群众拿着手榴弹登梯子上房。还没给机枪找到水，鬼子已冲进村闸门，眼看就要到祠堂门前了，在这千钧一发的时候，陈耀祥他们爬到屋顶，居高临下，朝鬼子头顶上扔手榴弹。鬼子只顾下边，没有注意上面，被这突如其来的手榴弹炸得鬼哭狼嚎，争先恐后转身奔逃。

　　太阳快要下山了，当何中队长他们又打退了一次敌人的猛烈冲锋以后，手榴弹已经一个也不剩了，机枪、步枪子弹

146

总共也不到 50 发了。何中队长见鬼子暂时没有动静，对战士们说："大队首长交给我们的任务已经完成了，但我们还要坚持下去，坚持到天黑就是胜利。""对，我们一定要坚持到底，子弹打光了还有刺刀和砖头，有我们在，鬼子就别想再前进一步！"一个战士挥着砖头说。同志们开始紧张地搜集砖头、擦拭刺刀，准备着最后的搏斗。

暮色笼罩着村庄，战场出奇地沉寂，鬼子没有发起再一次的冲锋，原来日军已发现我军主力已突围，再无心在村内恋战了，灰溜溜地抬着 3 名军官和 100 多具死尸和伤号溜了。

八勇士坚守植地庄的英雄事迹传遍了整个禺南，也传遍了珠江部队，为了表彰他们的功绩，第一中队被命名为"植地庄连"。

在敌伪心脏办《前进报》

杨　奇

　　1941 年底，日本法西斯发动太平洋战争，香港随即沦陷，东江地区的形势急剧变化。1942 年 1 月，中共南方工作委员会为了加强对广东武装斗争的统一领导，决定成立东江军政委员会，成立抗日游击队总队，并决定出版一份代表司令部、政治部发言的机关报——《前进报》。

　　《前进报》一诞生，就处在日、伪、顽三面夹击的环境中。最初，战友们背负着沉重的出版工具，经常随军转移。在深山密林里，把军毯作为帐篷，把藤篮工具箱作为桌子，就这样进行编辑、誊写、油印工作。后来，为了在雨季能够出版，曾经在敌人的梅林炮台所在的山脚下搭寮作为报社。

　　为了避开国民党顽固派军队的干扰，又曾两次穿过日军的封锁线，到香港新界地区坚持出版，一次是在沙头角海

本文原标题为《走进敌伪心脏办〈前进报〉》，收录时做了适当修改。

边，另一次则是在大埔圩林村的黄蜂寨山上。在那里，驻地虽然比较安定了，但因远离政治部领导，经济十分困难，连纸张油墨都供应不上。我和报社同志们商量之后，决定冒险到香港市区去找亲友帮助，力争解决纸张油墨问题。

我化装成小学教师，手里拿着一份汉奸报纸《南华日报》，从大埔圩乘火车到九龙去。经过岗哨检查时，敌人万万没有想到，在汉奸报纸里面，原来夹着我们出版的《前进报》呵！正是依靠这份《前进报》，使亲友们大为赞叹而资助了一笔钱。我买了一批白纸，把它切成四开和八开，作为货物运回大埔圩，然后由驻地的农民妇女在夜间挑回林村，最后由报社的同志背上山去，解决了办报的燃眉之急。

有一次，徐日青同志也是因为买纸，通过封锁线时不幸被日本兵抓去，尽管敌人用尽恫吓、拷打和军犬噬咬等手段，徐日青同志仍然坚定不屈，充分表现了共产党员不怕牺牲的精神。后来他终于逃出了敌人的魔爪。

1943年1月下旬，根据中共中央南方局指示，部队深入敌后发展新区。政治部在东莞县厚街设立了后方政治部，报社也到了厚街，以便就近照顾、照常出版。在地方党同志的帮助下，我将报社的油印室设在厚街附近的双岗村，编辑室则安排在厚街镇一间古老大屋内。厚街镇内伪军很多，紧挨着我们编辑室这条巷子的那一边，就驻着成连的伪军，中间只隔着一堵高墙，伪军士兵的吵闹声和沐浴时的泼水声都听得一清二楚。我们把这种状况叫作"置之死地而后生"。厚街与双岗之间的联络工作和稿件的传递，是由一位机灵的"小鬼"和当地一位老太太担任的。就这样，在敌人的眼皮底下，《前进报》又出版了三个月，始终没有被敌人发现。

9月间，当我军全歼了东莞茶山和北栅的伪军之后，日军为了巩固它在莞太、莞樟两线的据点，向东莞我军活动的地区发起进攻。我们考虑到日子久了报社的驻地容易暴露，决定同时撤出厚街和双岗，分别转移到桥头圩和河田乡。这两个地方同样是敌伪的腹地，被列为他们的"和平区"。桥头的房东，是一个革命的同情者，他把油印室的誊写员认作过去"走难"时相识的朋友。河田的房东，是一个党员的地主亲戚，家里没有男人，地方较大，可以多住几个人。

这时，黄文俞同志因足疾不便行走，未能随同政治部机关行动，同时也是为了便于指导报纸工作，决定留下和我们住在一起。于是，我让黄文俞作为准备到厚街开店做生意的"老板"，"老板娘"是原籍东莞的油印能手黎笑同志，我则扮成办货的"行商"，涂夫、徐日青、石铃等都是这家商行的"伙计"。

从此，《前进报》就在桥头刻写好蜡纸送到河田乡来，在夜间关起房门印刷。房东看见我们每次从广州运来一批玉扣纸，不多久又有一批加工切好的"卷烟纸"运出去，也就信以为真，她哪里想到：运回来的玉扣纸这时已经变成报纸，"纸弹"，一颗又一颗地射向敌人了呢！

到了11月，日军打通了广九铁路，为了巩固沿线的据点，敌人宣称要在三个月内消灭我军。这时候，我们报社的处境十分险恶。当敌人在桥头挨家挨户搜查时，幸好房东及时通知，我们的"伙计"机智迅敏地闪入屋后的庄稼地里，才化险为夷。在河田，我们也曾经从敌人的包围下逃出，躲藏在荔枝园的树梢上，避过了敌人的搜捕。另一次则因知道消息较迟，只好把油墨和印刷工具丢进鱼塘里，等到夜间才把它们打捞上来。

在东莞敌伪心脏里坚持出报期间，我曾经由一个"白皮红心"的伪区村长带路，从厚街乘船到敌占的广州市采购纸张油墨。事先约好，他先行，我跟着，装作互不相识。

开船以后，我叫了一碟排骨饭，吃完付钱的时候，船上的伙计说"已有人替你付了"，我说我是路过东莞办货的，船上并没有朋友，可能弄错了，请他照收饭钱。但他离开一会儿再回来时，又无论如何不肯收，也不肯告诉我是谁请吃的。这一来，弄得我坐卧不安。我分析了几种可能，做了最坏的打算，包括上船时万一被捕怎样应对，等等。然而，一路平安，太平无事。

上岸之后，我不敢直接去杨康华主任介绍我去接头的地方，先找一家咖啡室坐下，观察了许久才付账出门，迅速登上门口的黄包车，在肯定没有人跟踪之后才去访友投宿。不过，对船上被招待吃饭一事，始终百思不得其解，心中始终觉得不踏实，万一被敌人盯上了就麻烦了。

当我完成采购任务，坐上另一客货船回到厚街之后，立即向上级做了汇报。原来，在船上招待我吃饭而又不愿露面的人，是我军某支队队部的一个"小鬼"，他是当地人，为了赡养父母而离开了部队。因为我到过该支队多次，所以他认出我这个乔装的"行商"来。他当然没有想到，出于好意请我吃了一碟饭，却使我虚惊了一场。

当报社匆匆撤出河田、桥头之后，在官尾厦村住了几天，很快就接到政治部的指示，要我将报社转移到大鹏半岛靠海边的鹅公村去。我们从西到东，白天上路，晚上编报，足足花了半个月的时间。《前进报》第五十期1944年新年号，就是在路上编好、刻好蜡纸而请惠阳大队油印室代印的。

踏上了1944年，《前进报》全面发展全面提高的新任务，又在等着我们去完成。

潭口阻击战*

符荣鼎

　　1939 年 2 月 10 日清晨，琼崖独立队驻在云龙附近儒来村的第一中队正在操场出操，突然，隐隐的大炮声和飞机的轰鸣声不断地从海口方向传来。

　　只见琼崖独立队队长冯白驹同志带着几个传令员从云龙的队部疾步走来，不等大家发问，他就急匆匆地大声说："同志们！日军从海口方向登陆了！你们第一中队立即吃饭，饭后赶到潭口渡口去，协同友军坚决阻击从潭口渡江东进的敌人，掩护人民群众安全撤退！"

　　同时他又对我说："符中队副，你熟悉国民党方面的人，就由你去做联络友军的工作。怎么样？有困难吗？"

　　"坚决完成任务！"我满怀信心地回答。

　　云龙改编前，我是地下党员，曾利用社会关系秘密打入

---

　　* 本文节选自《云龙改编与潭口阻击》，收录时做了适当修改。

国民党的第八干部教导队受训和任职，积极开展一些地下工作。改编时，与国民党方面的几个人一起被派到独立队。我对国民党方面的情况和军政官员比较熟悉，所以冯白驹同志派我去联络他们一起行动，目的是以积极的行动阻滞敌人前进，掩护群众撤退，打击日军的气焰。如果国民党军不讲信用，或与他们联络不上，我们单独也要干。

我们仓促吃完早饭就紧急出发了。一路上，大家很少说话，心里只想赶快赶到潭口去，打好琼崖抗战第一仗。队伍走上公路时天已大亮，日军的飞机在上空盘旋侦察，每个人都用一把青草和带叶的树枝放在头顶做伪装。部队以一路纵队拉开距离行进，敌机向我们飞来，我们迅速疏散隐蔽；敌机飞走后，我们又继续前进，一路上既没有看见一个老百姓，也没有发现国民党军的一兵一卒。

我们的队伍一直走到潭口，仍然没有发现国民党军队前来阻击日军。当时，我的心情是既奇怪又懊恼。后来才知道，日军在天尾港一登陆，潭口一带的群众就逃进山林去躲避，而驻府城、海口地区的国民党军队跑得更快，他们一听说日军登陆，不事抵抗，只顾逃命，便放弃阵地夺路而逃。连琼崖守备司令王毅也带着军政人员及其眷属仓皇逃往嘉积，而后又到定安县的岭口、翰林山区躲避去了。

潭口是南渡江上的一个渡口，是日军东进的必经之道，距海口市 15 公里，离独立队驻地云龙约 10 公里。我们到潭口渡口东岸后，便呈一横排埋伏在沿江公路内侧的丛林里。

这样，我们的视野开阔，而对岸的敌人和天上的飞机却很难发现我们。所以这个伏击地点是比较理想的。

我带领两个传令员去观察情况，可能我们的行动已被敌机侦察到，在我们进入阵地后不久，敌机便更加频繁地飞来，对渡口轮番轰炸扫射。一时间，渡口被炸得沙石横飞，浓烟滚滚，火光冲天。埋伏在渡口近处的一班班长李文奇被炸弹爆炸掀起的泥土埋了大半截身子，他的左脚被炸断了，血流不止。当时，我们连急救包、止痛片都没有，只能用撕下的衣服布条给他包扎伤口，将他背到路旁的海棠树下。李文奇忍着巨大的疼痛一声不吭，最后终因失血过多而牺牲了。

李文奇牺牲的消息传开了，同志们怒不可遏。当敌机俯冲时，守渡口的部队用排枪对空射击；等敌机掠过再回头轰炸时，又立即向后面的丛林里转移。敌机炸来炸去的是一个空目标，可是却一直不肯飞走，而且轰炸得越来越凶。我们冒着敌机的狂轰滥炸，饿着肚子在潭口渡口坚持了整整一天。傍晚，敌机终于灰溜溜地飞走了，对岸的敌人也不见有什么动静。这时，三中队文书黎岩同志骑着自行车来传达冯白驹队长的收兵命令，我们从阵地撤了出来。

在回来的路上，我们碰到了许多从丛林里走出来的群众，当他们得知我们是共产党领导的独立队，又看到我们抬着李文奇同志的遗体，纷纷议论起来："看共产党的独立队，人少枪劣还顶上去打日本，可国民党却逃得比黄猄还快。"

"我回去和家人说一声，参加独立队打日本鬼子。"群众一边走一边议论，他们回去后一个个都成了最好的宣传员，独立队勇敢阻击日军的消息，很快传遍了全岛各地，人心都向着独立队。

潭口阻击战，是中共琼崖特委领导的独立队抗击日军入侵的第一仗，鼓舞了人民群众的抗日信心，也扩大了共产党的影响和琼崖抗日游击队的声势。

其后，独立队留下一个中队在这一带的乡下，组织群众撤退、转移，实行空室清野，并准备在最接近府城和海口的前线开展游击战争。大队队部和另外两个中队撤退到琼山县的树德和文昌县的大昌一带山区发动群众，掀起军民团结抗战热潮，在不到一个月的时间里，独立队迅猛发展成为1400多人枪的人民军队，在敌后燃起了熊熊的抗日烽火。

特殊形式的对敌斗争[*]

陈德惠

1942 年五六月间，发生了中共粤北省委、中共南方工作委员会均被国民党特务破坏的"南委事件"后，南方局书记周恩来同志立即发出指示，采取了应急措施制止了事态的发展。到了九十月间，潮梅地区的党组织除日占区和部分缓冲区外，已基本上停止了组织活动，各地区党组织和县只保留极精干的领导骨干继续领导斗争。南委及潮梅特委的负责人，包括南委秘书长姚铎都先后撤退到正在普宁县任特派员的吴南生的家乡潮阳关埠，当时安排姚铎乘船到上海转赴新四军。

"南委事件"后，姚铎在政治上开始发生动摇。1943 年底，吴南生收到南方局复示：将姚送重庆八路军办事处。1944 年夏天，林伯渠、王若飞同志从延安到重庆谈判。南

---

* 本文原标题为《一场特殊形式的对敌斗争》，收录时做了适当修改。

方局准备利用谈判时机送一批干部到延安，大家闻讯都欣喜雀跃，唯独姚铎思想紧张，情绪低落。过了几天，姚借故与吴南生大闹一场，趁势奔出招待所，而后投靠了国民党，并被任命为国民党中央党部专员，即回广东，先在潮汕地区活动，受广东中统特务头子国民党广东省党部专员陈积中领导，并阴谋以其原有的身份组建鱼目混珠的假党——"中国共产党非常委员会"来进行反共勾当，企图利用我党组织停止活动后党员寻找组织的迫切心情，用恢复组织的名义，以假冒真，梦想南方的共产党将会在无形之中被消灭。姚的特务身份只有国民党内极少数的核心分子才知道，他到揭阳后更名陈庆宇，在揭阳简易师范学校任国文教员，以进步教师面目出现，欺骗拉拢一些青年师生，立即着手组建潮汕特区的"非常委员会"。他多方发信给原来潮汕的地下党员（包括党的同情者），企图以党组织领导人的身份，用恢复组织活动的名义诱骗我党同志上钩，同时在潮梅国统区撒下特务网，伺机而动，企图将李碧山、林美南以及尚在活动的党员一网打尽。

潮梅党组织面临着极为严重的局面。林美南接吴南生的报警函电后迅速转知李碧山、周礼平共商对策，因为姚铎曾任潮梅特委书记，知道的党内机密和认识的党员干部较多，且大多数党员和干部处于分散隐蔽和没有组织领导的状态，党内来不及通报。面对这样严重的局面，林美南、李碧山、周礼平按吴南生到重庆前与他们商定的处理原则，决定处决叛徒姚铎。

1944 年 10 月，党组织一边设法派人插到姚的身边，掌握他的行动；一边物色执行狙击任务的人员。因姚在汕头停留期间与掩护在汕头蚁兴记茶庄的陈家珍、余倩华夫妇（当时他们都是党的同情者）来往较多，估计姚会找他们俩，就由周礼平亲自将姚叛变与回潮汕情况告知陈家珍夫妇，要求陈为消灭党的叛徒充当内线，探明姚的反动身份及行动计划，同时了解其起居生活、住所地形，监视其行踪，以便组织力量进行狙击。陈毅然接受了任务。不久，陈夫妇俩果然接到姚来信要他到揭阳会面，于是陈按党组织的布置到了揭阳。姚铎错误地估计陈和党的关系，以为组织已经停止活动了，他又不是党员，和党是没有什么联系的，所以对陈十分信任，他毫不掩饰地对陈说，他由重庆回来是通过中统关系，对陈展示了他的"专员"委任状和让陈阅看了用"中共中央非常委员会"名义印发的文件，说这次回来就是要重建潮汕党组织，又把准备建立"中共潮汕特区非常委员会"的名单给陈看，要陈为他起草一份电报给那个"中共中央非常委员会"，报告"潮汕特区非常委员会"成员名单。陈当即抄了一份交给揭阳党组织，接着就借口要回汕头辞退茶庄职务，立即回澄海当面向周礼平报告，并提供了姚铎住处周围环境、出入口、房间、卧室、客厅的平面图，标明各个出入口进出难易情况，然后重返揭阳继续与姚周旋。

中秋节深夜，由周礼平组织的蔡子明、许杰、李朝道、许悦标、余阿石五位游击小组成员，由蔡子明带队，随即潜进姚的住处杀姚。姚中一枪后即倒地屏息不动装死，武装同志以为叛徒已被击毙，连夜撤离揭阳。这一枪并未击中姚的要害，敌特马上将他送到揭阳真理医院救治，只 20 多天就伤愈出院了。经过这次教训，姚仍贼心不死，继续作恶，公然声称要与我党干到底！他一出院就凶相毕露追查抓捕刺杀他的人，同时加紧物色译电员准备建立电台，筹备开米店，积极建立其反革命据点与我顽抗。于是潮梅地下党领导乃下定决心重新组织力量，不惜一切牺牲，非把这个叛徒消灭不可。

姚铎出院后在简师虚设了个床铺就深居简出隐蔽起来，还配了个保镖，严防对外接触，我党无法获悉其行踪。

我本不认识姚铎，组织停止活动前我在普宁县任副特派员，"南委事变"后，组织决定我转移到日占区的汕头，我的家就在那里。姚铎到汕头候船去新四军时，林川带我去见了姚铎。过了半年多，姚铎接二连三地来访，向我表爱慕之情，又说因路线不通他不去新四军了，现改去重庆八路军办事处，还极力动员我去，他可代向组织请示。大约是 1944 年 8 月，我突然收到姚铎从揭阳寄来的一信，要我到揭阳一谈，信中还大骂吴南生，说就是吴不让我到重庆等。我以为姚又要来胡缠了，不予理睬，但来信是用组织名义写的，我弄不清是怎么回事，就托党内交通同志将姚铎来信事转向组织汇报。潮梅地下党的几位领导同志经过详细分析，认为姚铎来信可以作为我们再次进攻的突破口，决定将计就计派我如约到揭阳作为内线，探明情况，拖住他，稳住他，引蛇出洞，武装同志配合而狙击杀之。11 月下旬的一个晚上，吴健民来到我家，问我是否愿意为党完成一件严肃的政治任务。我忙问什么任务，吴告诉我，姚铎到重庆后投敌叛变又回到揭阳搞破坏活动，组织上已决定消灭他，但无从下手，要我利用他的来信到揭阳会见他，设法为党除却这个心腹大患。事情来得太突然了，我思想上毫无准备。但事关党组织生死存亡，我应当挺身而出，毅然接受了党的重托。

周礼平两次来到我家亲自部署我到揭阳之事，强调说："组织已反复研究过了，只有你亲自到揭阳深入虎穴，才能找到姚铎；也只有这样，才能引蛇出洞，除却党的心腹大患，保证党的安全。""这是一个十分危险而又有重大政治意义的任务，你要准备牺牲一切，我们会尽力保护你。"他交给我揭阳党的关系，指示我到揭阳后一切行动受揭阳党组织领导。我考虑到任务的艰巨性，第二次商谈时即建议把我年方 14 岁却一向胆大机灵的四妹陈德洪带去，以便万一我被怀疑或受监视时仍能通过小妹与党联系，以保证任务顺利完成。

抵达揭阳后，我们住进我父亲熟悉的一间客栈，老板是客家人。当天下午我和妹妹按姚信上所说到真理中学找到一个教员，他写了张条子要我到国民党揭阳县党部找人带路。这时我才体会到深入虎穴的含义，但为了党的安全，龙潭虎穴也要闯，就横下一条心镇定地跨进了平日走路也要绕开的国民党县党部。可能姚已交代，那里的人看了条子，就派人把我姐妹带到姚的住处。寒暄过后我说要到梅县梅兴中学任教，途经揭阳，顺道来访，明日就要继续启程。姚急忙挽留，说他在揭阳简师当教员，前些日子大病一场至今身体尚未复原，不胜教务，坚请我留下为他代课，妹妹可在简师就读，生活不成问题。

翌日清晨我姐妹俩就直奔城郊，按周礼平的交代在一座老式民房里找到我们的同志，当即约定与揭阳党的领导同志接头的时间、地点和暗号。

为了迅速探查姚的情况，当天我领着妹妹冒险住进姚处。那是一座老式两进的大房子，内部陈设颇为雅致。我在那里只住了两三天，和一个老太婆同睡一个房间，看得出她是很注意我姐妹的行动的。我佯称身体不适，多数时间卧床看小说，暗暗观察，不敢轻举妄动。我对姚矜持而谨慎，不随便问他的事，姚对我的到来十分得意，但毕竟受了一回教训还能自制，他对我不谈政治只是在生活上殷勤，我也乐得如此。我想试探一下姚的警惕性，就说想看潮剧，出乎意料他满口答应晚上就去观看。至晚，姚和大伙儿陪我姐妹步行到戏院，买好票后，又出乎意料地转请黄姓夫妇等作陪，他和保镖回去了，他的警惕性还是很高的。我提出另择住处，姚本有意另找房子，就建议我到一个姓林的女学生处暂住。谈话中姚透露不久要外出，没有说到什么地方、干什么事，也没邀我同行。我心里暗自焦急，也不敢追问，只好静待情况发展。

经姚铎介绍与简师的校长、主任见过面后，我就成了揭阳简师的教员。由于住在外面，我的行动是自由的，但还严防着敌人的跟踪。到揭阳后的第五天，我在简师附近一条巷子的拐角处，与揭阳党的负责人王武接上关系。我向王武汇报了到揭阳后所了解的情况，王要我先到学校上课，继续和姚周旋，使他敢于常来常往，常在街上露面，并要我进一步了解姚在配枪方面的动态。与王武第二次接头仍然在街上，他布置我两个任务：一是甩掉姚的保镖，二是解除姚的武装。

甩掉保镖还比较容易，只要我流露厌恶之情，姚也就迁就了。但要解除姚的武装使他失去自卫能力，并非易事，搞得不好反而会引起他的疑心，弄巧成拙就坏了大事。当姚到我处时，我故意碰碰姚的口袋，装作第一次发现姚带手枪的样子说："噫！你到我处还要带枪呀！"姚因对我从未泄露过他的反动面目，不敢说出被枪击的真情，只轻声说了句"为了安全"。我没有说话，只显出满脸不高兴。不意这出戏竟演得十分成功，自此姚到我处再没带枪和保镖了，这就为武装同志的行动创造了有利条件。接连几天，姚在街上独来独往皆平安无事，思想上逐渐麻痹大意起来。

和王武第三次接头是在一间小书店的后房，王武听汇报后非常满意，提出武装同志已受人注意，要赶快动手，慢了

163

不利。我知道姚马上要远行，也同意立即动手。因姚晚上不敢出门，只能在白天行动，王武要我设法将他引出城外，我们决定第二天就动手，并商定了时间、路线。行动计划定下来了，我等待着那个严峻的时刻。下午2点钟，姚来了，没带枪，也没带保镖，我松了一口气。他邀我陪他一同去算命，我答应明日再去，转请他陪我到商业学校看望同学郑仁声。他沉吟不语，我意识到他有顾虑，就说："再邀几位女同学一起走，热闹一番好吗？"大概人多势众给他壮了胆，他答应了。3点半钟左右，我们一行五人，按王武所布置的从简师出进贤门，朝商业学校走去。一路上大家谈笑风生，姚神态自若，我也很镇静。

周礼平布置我到揭阳后，立即挑选了陈应锐和李亮两位党员骨干承担击毙姚的重任，并指示："这次杀姚一定要完成任务，就是以二换一，也在所不惜。"我们行至离商业学校100来米时，一个穿便衣的青年汉子从我们左侧田地里快步斜插上路，当距离拉开到两丈多远时，陈应锐突然转过身来对姚就是一枪，姚左手一挡，中虎口，再发第二枪，卡壳了。姚见只有一人就向他猛扑想夺枪，正在这个危急关头，李亮从后面冲过来对姚连开几枪，姚中枪后踉踉跄跄急忙夺路窜入商业学校。陈、李穷追不舍，李亮跑得快，先追进商业学校，不见姚铎，只听见右边通巷内"砰"的关门声。李亮一个箭步冲上，踢开房门，原来是一间厨房，见姚铎摇摇晃晃快要倒下，李亮迎面就是一枪，这个可耻的叛徒终于受到应得的惩罚。

陈、李撤出校门后，直奔榕江崎河渡口，强搭空船过江。船行到沙洲拐弯处时，敌人的机枪已向渡船扫来，陈应锐同志跳上沙洲，不幸中弹受伤。为了掩护战友，他高声喝骂敌兵把目标引向自己，结果牺牲于敌人乱枪之下，为消灭叛徒姚铎付出了生命！陈应锐同志对党的赤胆忠心和舍己为人的崇高品德将永垂青史！

李亮和船夫藏在水里，天黑后凭着很好的水性，在水边找到一株芭蕉树树干，便抱着慢慢地朝揭阳城方向游去，登岸后在陈慕秋的帮助下撤离揭阳城。

处决叛徒的任务是完成了，这样公开的事敌人当然知道，果然校长和一个从未见过面的男人问了我一通。我当时处在真正危难之际，心情反而开朗镇定，我也没有逃走的打算，我准备必要时牺牲自己。敌人表面上对我并不过问，只是软禁在校内观察，实际上他们是等待上面来人处理。

原来揭阳简师是有党的地下组织的，其中三年级学生王雪斐（现名王克）是揭阳地下联络点的负责人郑英略同志的弟媳，当我被软禁在简师时，王武通过郑英略、王雪斐等同志已了解我的情况并设法援救。一天清晨，王雪斐传送给我王武来信，要我姊妹立即逃出，他在我们第一次接头的地方接应。刚巧当天是星期一，学校照例要举行升旗礼，我乘全体师生集合之机，带上梅兴中学的聘书，丢弃了一切衣物，将门半开半掩，姊妹俩迅速地从学校的后门溜了出来，加快脚步转入小巷。王武接到我们俩后说，国民党派来处理姚被杀事件的人，下午就会到达揭阳，那时情况肯定更险恶，会下毒手，必须马上离开。遂雇了三辆载人自行车，亲自护送我们撤离揭阳，之后又转乘轿子经汤坑到达留隍镇党的交通站——一间小小的做衣店。

两三天后，潮梅地区党的负责人李碧山、林美南来到交通站，赞扬任务完成得很好，是潮梅党组织对敌斗争的一次重大胜利。表彰我在斗争中坚定勇敢、机智沉着，完成任务迅速，为党立了一大功；也表彰了所有参与这个斗争的同志，对陈应锐的壮烈牺牲极为悲痛和惋惜，表示深切的哀悼！

历尽劫波志弥坚

覃桂荣

  1939 年 4 月，中共广西省工委将我从桂林调到南宁，任南宁中心县委组织委员。我到南宁不久，即协助省工委办了一期右江地区党员干部训练班，培训了一批骨干分子，并准备采取一些措施帮助右江地区党组织开展工作，使这个老苏区在抗日战争中发挥更大的作用。

  不料 6 月 25 日发生了"那恒事件"。是日，中共天（保）向（都）田（东）中心县委在田东县那恒屯召开会议，因土豪告密，国民党田东县军警突然包围该村，中心县委书记韩平波、委员赵润兰等 12 人同时被捕。事后，中共田东县党组织经南宁中心县委介绍，向八路军桂林办事处请求营救。由于种种原因，我们的营救工作无果。

  "那恒事件"令人心寒，南宁中心县委认为，这些血的教训的确应该好好反思，引以为戒，但右江是老苏区，战略位置十分重要，群众受革命的影响很深，有一批久经考验的红军时期的老战士在黔桂边一带幸存下来，还有一批农村据点和革命武装，具备恢复党组织继续开展革命斗争的条件。后经广西省工委书记陈岸同意，我们成立了那（马）武（鸣）特支，任务是巩固那马和武鸣西区的党组织，并与右江各县的党组织及一些零星的党员保持联系，以待机再起。1939年7月，在国民党顽固派发动第一次反共高潮的严峻形势下，桂林八路军办事处根据中共中央南方局的指示，撤销广西省工委，全省党组织分为桂林、南宁、梧州三部特支。我在南宁特支任组织委员。

1939年11月15日，日军自钦州湾登陆，入侵桂南，11月24日南宁沦陷。南宁特支利用和国民党南宁区民团中将指挥官、爱国将领梁瀚嵩的统战关系，推动他组建南宁战时工作团，南宁特支选派了15名党员到战工团任职，我以战工团中心组组长的身份到各队巡回指导工作。南宁战工团在战区的上思、扶南、绥渌、同正、隆安等县广泛宣传抗日，组织群众支前，锄奸肃特，破坏交通，迟滞日军的行动，我们还准备在十万大山北麓的上思县建立抗日根据地。由于驻越南的法国殖民军军心动摇，侵占广西的日军逐步转往越南，国民党广西当局遂以广西战事结束为由，下令撤销战工团等抗日救亡组织，南宁战工团的成员于1940年底陆续返回南宁。

1940年冬，在国民党顽固派掀起第二次反共高潮前夕，南方工作委员会组建广西省工委，任命钱兴为书记。很长一个时期内，右江党组织虽没有得到有效的恢复，但严格执行"隐蔽精干，长期埋伏，积蓄力量，以待时机"的白区工作方针，积极开展统战工作，争取爱国进步人士，建立坚持抗日、进步的乡村政权，以利于开展群众工作和掩护地下党的活动。

1942年5月，原南委组织部部长郭潜被捕叛变，供出广东、广西的党组织。7月9日，桂系在桂林实行大逮捕，30多名中共党员身陷囹圄，省工委副书记苏蔓、妇女部部长罗文坤、南委政治交通员张海萍壮烈牺牲，省工委和上级党组织的联系中断。桂林"七九事件"后，桂西南党组织的工作由我一个人负责，我即把在南宁工作的目标较大的党员分三批转移到右江地区，通知那武特支加强和右江各县党组织的联系，要他们设法派人打入国民党的管（行政）、教（教育）、养（经济）、卫（武装）部门工作，以便利用自己的职权掩护地下党的活动，为在城市难以立足的党员撤往右江地区创造条件。

"七九事件"发生时，原桂西南特委书记彭维之在桂林养病，他参与了桂林市党员的撤退工作，但几天后自己也被捕了，开始他还没有招供。正因为如此，省工委书记钱兴相信他能经受住考验，通知我在南宁工作的党员暂停撤退，以免失去这个经多年努力建立起来的阵地。后来，彭维之在国民党特务的威逼下也叛变了，供出了桂西南、桂东南近百名党员的名单。1943年1月15日，国民党军警在南宁捕去中共党员 28 人，进步骨干 20 多人。桂西南党组织遭此浩劫，力量大受削弱。所幸那马、平治地区的党员大多在农村分散活动，工作方式比较隐蔽，基本上没受到损失。

桂林"七九事件"后，省工委为便于领导，将全省党组织分为桂北、桂南两部分，分别由钱兴和省工委代理副书记黄彰负责，桂西南党组织由黄彰领导。1943 年 3 月，黄彰在武宣县通挽乡主持召开桂中、桂西南的主要党员干部会议，会议分析了广西的形势，认为桂系当局在反共的道路上已越走越远了，其在城市的统治比较严密，我们难以立足，但在农村特别是边远山区的统治比较薄弱，我们有广阔活动的空间。我们要实行战略转移，把工作重点放在农村，桂西南党组织的主要力量要转入右江地区，大力恢复老区和开辟新区。

撤到右江工作的党员干部全都是知识分子出身，在城市活动时都有社会职业做掩护，现在到了农村，失去了社会职业，全无经济来源，只得依靠群众生活，常以红薯、玉米、野菜充饥，加上都是外地人、汉族，不会讲壮语，如果没有当地党员和人民群众的支持和掩护，我们别说开展工作，连自身的生存都大有问题。我们安身的地方可以说是广西最穷的地区，开门见山、出门爬山，交通闭塞、经济落后，群众十分贫困，工作、生活条件极差。我们在靖西、镇边交界的山区工作四个月，一直住在深山密林里，昼伏夜出，在岩洞里开办学习班，培训农民革命骨干。这年的农历七月间，我在向都大病一场，一个多月走不了路，差点见了马克思。尽管处境艰险、环境艰苦，但绝大多数同志安贫乐道，以坚定的共产主义信念战胜种种困难，经受住了严峻的斗争形势和艰苦的生活环境的考验。

经过两年多的辛勤耕耘，右江这块热土呈现出蓬勃的生机，到抗战胜利前夕，我们先后建立了桂滇边特支、向都特支、武鸣特支、河池特支、西山特支、万冈特支，加上原有的那武特支、平治特支，共有八个特支，还在都安、凤山、田东、隆山等县建立或恢复了十几个党支部，壮大了党的力量，在一些山区成立了农会、同盟会等群众组织，打下了较巩固的农村工作基础，为开展革命斗争创造了条件。

1944 年冬，日军为打通从中国大陆到越南的交通线，第二次入侵广西。是年 9 月，南方局指示：日军可能再度入侵广西，国民党军一定溃败，广西将大部沦陷，各地党组织要放手发动群众，在沦陷区广泛开展敌后游击战争，有条件的地方，要建立抗日民主根据地。

1944 年 10 月，日军入侵广西前夕，我到武鸣县组织力量开展抗日武装斗争。1945 年 2 月，在武鸣特支的组织下，成立了武鸣邓广抗日义勇队、双桥抗日学生队、南区抗日青年队，开展抗日游击战争，邓广、夏黄、太平、葛阳、双桥、腾翔、伊岭七个乡连成一片，到处有游击队阻击或伏击敌人，使日军不敢轻易下乡，只能龟缩在县城附近；游击队还捉了一些汉奸维持会人员，使他们不敢再公开活动。同月，区镇在河池县保平组建了光隆乡抗日自卫队。抗日武装斗争呈现出良好的局面。

1945 年 5 月下旬，日军便开始自桂西桂南撤退。由于开展斗争的时间不长，右江的人民抗日武装规模和战果还不大。武鸣邓广抗日义勇队发展到 120 余人，作战 7 次，毙伤日军和汉奸 20 余名。河池光隆乡抗日自卫队发展到 60 余人，作战 3 次，击毙日军 4 名，伤数名。但通过开展抗日游击战争，提高了共产党在人民群众中的威望，锻炼、培养了骨干，并使党组织取得了武装斗争的经验。解放战争时期，右江地区的革命武装斗争蓬勃发展，成立了滇桂黔边纵队桂西区指挥部（即右江支队），拥有指战员 5800 多人，是广西兵员最多、活动区域最大的一支游击劲旅，在配合主力部队解放广西作战中发挥了重要作用。

右江党组织在抗日战争时期命途多舛，道路坎坷，斗争极为艰苦。但老苏区的党员和人民群众在各级党组织的领导下，以百折不挠的坚强意志，在残酷的环境中坚持斗争，为桂西南党组织转入农村提供了立足点、避风港，为广西的抗日战争和其他方面的斗争做出了贡献。

广西抗日游击战争[*]

黄 嘉

1938 年 11 月，八路军办事处在桂林成立，直接推动了我党对桂系的军事统战工作，国共合作、共同抗日的局面在广西形成。中共广西地下党组织以极大的热情，领导和组织广西各族人民，掀起抗日救亡热潮，各界的各种抗敌后援组织纷纷成立，广西抗战局面呈现出好的发展势头。

1939 年 11 月，日军入侵广西，广西学生军、战工团和地方干部学校的一些共产党员，纷纷奔赴桂南战场，发动群众，支持和参加了昆仑关会战。日军侵占桂南期间，我们党的工作原来有基础的一些县份，以及学生军、战工团、地干校活动到的一些地方，在共产党员的带领下，在敌人后方全民动员打击敌人，波澜壮阔，激动人心。特别是广西左右江是红七军、红八军的故乡，日军入侵后，中共滇黔桂边委员

---

* 本文原标题为《回首广西的抗日游击战争》，收录时做了适当修改。

会书记滕静夫和红军老战士岑日新、谭统南把劳农会员集中起来，组建了一支抗日游击大队。中共桂西南党组织指派地下党员韦家骥等人来到龙州成立中共龙州支部，组成了一支龙州青年战地服务工作队，深入乡村，动员群众，支前参战。在邕宁、同正、隆安三县边境，也活跃着一支有共产党员参加率领的 30 多人的抗日游击队。邕宁县八尺区进步青年司马孙、周忠、周游和李杰，在中共党员的教育影响下，依靠当地群众，组织了一支 180 多人的抗日游击队。这些游击武装的建立，为坚持游击战争，奠定了坚实的基础。

这些游击武装，以各种形式积极打击日本侵略者，给日军以有力的打击。1940 年 1 月中旬，以共产党员为骨干的广西学生军男女战士 30 多人，在女生队区队长陆瑜若的率领下，配合灵山、钦州两县军民，协同国民党桂系四十六军一七八师五二四团，在灵山、钦州交界的四合坳，痛击来犯的日军近卫旅团。这一仗，毙敌 200 多人，伤敌 800 人以上，奏响了一曲国共合作、共同歼敌的团结赞歌。

在抵御日军第一次入侵期间，我们虽然未能及时发展和巩固党的武装队伍，但我们党利用支持、配合、参与昆仑关会战的时机，培养锻炼军事骨干，开拓群众基础，收到了明显效果，为以后的发展也创造了条件。

1944 年，世界反法西斯战争胜利在望，日本侵略军在远东和太平洋战场困难重重。当年夏秋，侵华日军发动豫湘桂战役，企图打通从朝鲜经我国到印度支那的大陆交通线，进行垂死挣扎。9 月 11 日，日军开始第二次入侵广西，从湖南和广东以及越南分四路向广西进攻，广西 100 个县市中有75 个陷入敌手，广西形势再次陷入危急之中。

是可忍，孰不可忍！我广西各族人民在中共地方党组织领导下，纷纷迎势而起，挺身抵抗，发展敌后抗日游击战争。1944 年 7 月，原中共中央南方局桂林统战工作委员会书记李亚群，派人向中共广西省工委传达了南方局的指示，要放手发动群众，大力宣传抗日保家乡，组织抗日武装，建立抗日游击根据地，积极打击日本侵略者。

省工委书记钱兴提出了"一切为了建立抗日武装，为了发展抗日游击战争"的口号，要求各地党组织揭露国民党不战而逃的行为，动员广大群众武装抗日保家乡。要准备干部、枪弹到敌后打游击，建立抗日游击根据地。省工委正式做出开展敌后抗日游击战争的"八月决定"。我当时是省工委桂东特派员，就在钱兴身边工作。

桂东南游击区是省工委要求创立的抗日游击根据地之一。1944 年 10 月，省工委代理副书记黄彰在贵县木格乡召开会议，决定在陆川、博白、贵县和兴业四个县举行抗日武装起义。桂东南抗日武装起义声势浩大，抗日自卫军集结了2000 多人，集结在郁江两岸，成为一支重要的抗日力量，以灵活机动的游击战术，主动地寻机向日军出击。

1944 年 12 月，日军数百人分乘 15 艘木船，从梧州上驶，经贵县往南宁。得到这个情报，中共贵县香江支部书记谭镇邦和贵县县委委员赖志廉、甘松洲，立即率领大江乡抗日自卫军150人，赶到思怀河口进行伏击。战斗打响以后，沿江群众拿出抬枪土炮，与前来参战的国民党横县、贵县自卫大队一起猛轰敌船，打得敌船互相碰撞乱作一团。此战，俘获敌船5艘，毙敌大队长渡部市藏中佐以下80余人，生擒敌军曹横山小二郎和汉奸4人，缴获轻机枪3挺、步枪34支，以及大批子弹、手榴弹、地图和军装。然而，国民党顽固派、反共老手国民党桂南行署主任梁朝玑，置大敌当前于不顾，却迅速指挥和调集行署保安团、别动队以及桂东南各县的反动武装，将枪口对准抗日自卫军，进行残酷镇压。我抗日自卫军被迫突围避难，损失200多人，起义主要领导人黄彰、吴家宜和一批重要领导骨干惨遭杀害。这就是抗战期间震惊南疆的"桂东南事件"。

创立桂东北抗日游击根据地，是当年省工委的又一个最高要求。这里地处都庞岭，地势险要，发展抗日游击战争，有回旋余地。省工委决定把我从桂东调到桂东北，担任中共桂东北特派员，还从桂东抽调一批得力的党员干部陆续来到阳朔兴坪，充实桂东北抗日游击斗争的骨干力量。我们到达敌后的阳朔大源乡，经过一番紧张的筹备，动员了一批青年农民参军，于1945年2月20日，以阳朔兴坪战时青年服务队与平乐县的平北游击队为基础，正式成立临阳抗日联队。

临阳联队一方面坚决消灭汉奸维持会，另一方面抓紧建立我们自己的抗日民主政权，不断地壮大我们的力量。临阳联队沿着漓江两岸,在阳朔的渔村、同滩、牛尿塘和古座塘,平乐的浦地与河口,荔浦的钱袋厂,先后八次组织了对日军的伏击和袭击作战,同时还两次进行了反顽自卫作战。漓江边上的这一系列对日作战的胜利,以及临阳游击区抗日民主根据地的成功创立,使远近群众备受鼓舞。他们说:"国民党桂林区少将民团指挥官黄绍立有 2000 多人、60 多挺轻机枪,被鬼子赶得鸡飞狗跳,躲到大后方去了。临阳联队敢在太岁头上动土,打鬼子,打出了一片新天地,真是不一般!"

1945 年夏初,日军开始从广西撤退,大批国民党正规军进入广西,上级又先后指示"埋伏待机"和解散武装,我临阳抗日联队也化整为零,全部解散了。在广西全省沦陷区域的 30 个县,有我们党领导的游击队人枪 5000 多,与日伪军作战 200 多次,积小胜为大胜,给了日本侵略军狠狠的迎头一击,谱写了一曲人民战争的壮丽之歌。

蓬山擒"活阎王"[*]

萧　雷

　　1944 年 8 月，中共广西省工委根据中共中央南方局指示做出《八月决定》，"一切为了建立抗日武装""一切为了发展游击战争"，广西各地党组织立即行动起来，在日军侵入广西境内时，发动群众，组织抗日武装，广泛开展抗日游击战争，并在敌后建立抗日民主根据地。

　　我来到阳朔县，找到曾金泉同志（原灌阳党支部负责人，放暑假回家），传达省工委指示，要他留在阳朔工作。我们一起研究发动群众抗日救亡问题，与其他同志一起，组织本地的桂林师范学校学生和进步青年，并吸收从桂林疏散到兴坪的学生青年，于 8 月底成立了 18 人组成的"阳朔县兴坪青年抗日宣传队"，于 9 月 29 日公开成立"阳朔兴坪区战时青年服务队"。同年 11 月，我转到平乐县的浦地村，找

---

　　[*] 本文节选自《临阳联队战斗在漓江畔》，收录时做了适当修改。

178

到桂师进步同学陆支礼，吸收他加入共产党，并和他一起组织抗日游击队，于 12 月成立有 24 人枪的"平北游击队"。这两支队伍为随后创建临阳联队、开展抗日游击活动打下了基础。

1945 年 1 月下旬，我和黄嘉等同志冒着风雪，越过国民党自卫队的封锁线，来到兴坪地区。经研究决定，把平北游击队调来兴坪，与战时青年服务队合编成联队，为了便于征粮及扩军，暂时采用桂林区民团指挥部临（桂）阳（朔）联队的番号。2 月 20 日，我们在海洋山南边的滑石瑶村太太庙召开大会，宣布成立临阳联队，党组织任命黎禹章为联队长，黄嘉为政委，赵志光为副联队长，我为副政委兼政治部主任，谢朝天为参谋长，韦立仁任政治部副主任，我们按照"支部建在连上"的原则，在 4 个中队和民运队建立党支部。

3 月下旬的一天，联队领导正在研究攻打兴坪一个日军的据点，侦察组同志回来报告说：国民党桂林区民团指挥官黄绍立派两个大队从恭城西部和平乐北部向我根据地闯来，沿途扬言："临阳联队成立不合法，要强行改编，如不接受就消灭。"并抓走我们工作组的两个同志，还派人去联络桂林专员陈恩元、"临桂挺进大队"大队长秦伟民，准备夹击我临阳联队。这突如其来的消息，迫使我们立即研究对策。同志们气愤地说："黄绍立、罗志强不抗日，专搞摩擦，现在居然要吞掉我们这支抗日队伍，我们只有根据党中央的指示'人不犯我，我不犯人，人若犯我，我必犯人'，坚决回击。"我们分析了敌情，认为恭城西面和平乐北部、阳朔东区边境的几支反动地主武装，与黄绍立部互相勾结，向这方面出击吃掉他们把握不大，而兴坪区北部临桂县东区的秦伟民"挺进大队"孤守蓬山，吃掉他比较有把握；而且打垮秦伟民部之后，一方面可以保卫临阳边区的革命根据地，另一方面也为将来部队南下抗日铲除后患，黄绍立也会因此得到教训，不敢再轻举妄动。因而，我们决定发起蓬山之战，先消灭秦伟民部，以给顽固派黄绍立以警示。

盘踞在临桂潮田乡蓬山村的所谓"临桂挺进大队"大队长秦伟民是个汉奸恶霸，他打着抗日的招牌，纠集 60 多个地痞流氓，拥有 40 多支步枪、2 挺重机枪和 2 挺轻机枪，暗中勾结日军，不时派出武装袭击我部队、工作组，曾杀害我方两名地下工作人员，现又扬言配合顽固派黄绍立部一举消灭临阳联队。他平日欺压老百姓，敲诈勒索，奸淫良家妇女，无恶不作，血债累累，方圆几十里的群众，都咬牙切齿地骂他是"活阎王"。打击秦伟民部从哪方面讲都是有必要的。

根据侦察员报告，秦伟民的老巢蓬山村设防较坚固，村内设有几道刺门，村的后山一带插满锋利的竹签，强攻肯定不行。根据敌情和地形，联队领导决定分两路乘雨夜突袭秦部，以第二中队、第四中队为一路，在黄嘉政委率领下，从大源出发，经由咸水、瑶山脚底，过寨上、雷岭底，直插蓬山村后；以第五中队为第二路，在黎禹章联队长率领下，经临桂县的卯江村从正面进逼蓬山村，形成钳形包围的态势。

第五中队由一个被我抓获的排长带路，在天亮前通过二道刺门后，立即解除了顽军哨兵的武装。接着兵分两路：右路由谢韧天参谋长和指导员李丹率队直插寿竹林，把秦伟民的大队部包围起来，以便把龟缩在楼上的二三十名顽军解除武装；左路由黎禹章和中队长唐致祥率领插入祠堂，进攻顽军副大队长黄群所率领的部队。但当部队冲到秦伟民大队部东头时，被对方重机枪火力压制，一时冲不上去，秦伟民趁机打开西侧门，向后山逃跑了。我右翼部队冲到西侧边，一位战士英勇地冲进去，用快慢机打了一梭子，夺下了敌人的机枪，转向敌人扫射。占领后山的二中队、四中队英勇地阻击逃跑的顽军，并迅速将其消灭。"活阎王"秦伟民化装逃往后山，后为我军战士所捕获。

胜利的消息一传开，附近村寨的群众欢欣鼓舞，纷纷朝蓬山村奔来，表示庆贺和慰问。根据广大群众的要求，联队在蓬山村召开公审大会，判处秦伟民死刑，立即执行。此举人心大快，掀起了参军参战的热潮，部队迅速增加到300余人。

截击日军船队[*]

甘廉夫

    1944 年夏，我 19 岁，在桂林德智中学读书，因我有一本毛泽东著的《论持久战》藏在床铺上被发现，国民党特务说我是共产党，要逮捕我，老师知道这个消息后，即护送我离开桂林，经荔浦回到家乡广西贵县大江乡上赖村。

    9 月间，日军开始第二次入侵广西。中共广西省工委代理副书记黄彰这时也回到家乡贵县指导工作，并与贵县县委委员赖志廉、县委委员兼大江乡党支部书记谭镇邦，以大江乡中心小学为阵地，组织了抗日宣传队。我和不少青年参加了宣传队，到香江圩进行了多次的抗日宣传活动，动员群众有钱出钱，有力出力，团结起来，把日本侵略军赶出广西去。随后又在大江乡七个村中成立抗日自卫队，全队 100 余人。我任我们上赖村自卫中队副中队长。

---

  * 本文原标题为《大江乡截击日军舰队》，收录时做了适当修改。

一天，我们听到有一支日本船队从贵县沿郁江开往南宁，我们认为大江乡是敌船队必经之路，遂决定给该敌以痛击。我们自卫队12月9日开始行动，有的用牛车拉抬枪（即土造铁炮）和弹药，有的为加强抬枪的杀伤力，把坏犁头和锅头打碎当霰弹，甚至连秤砣和大小铁链都运去做霰弹用。忙了一天两夜，把所有武器弹药都运到香江上赖村的担水步至思怀乡的京屋村的郁江河边，全体自卫队队员也埋伏在这里，等候痛歼日军船队。

11日下午，100余名日军和汉奸分乘15艘木船从东津经贵县县城溯郁江而上，傍晚敌船队到新塘乡江平村停泊，入村劫掠粮食牲畜，还在江岸上架起无线电台。12日晨到瓦塘乡滩平村，被瓦塘乡自卫队袭击，敌人登陆还击。大江乡抗日自卫队及附近村的群众分两道防线，埋伏在郁江上游最险要的思怀河口大角滩头的丛林里准备截击敌人。13日晨，有一艘敌船被瓦塘乡自卫队截获，中午敌船队开到银排坳，大江乡自卫队立即发动袭击。14日、15日敌船队仍冒险上驶，我自卫队跟踪追击。16日敌抵达毗邻的横县县属新村，大江乡自卫队继续与敌交战，战至天黑，截获敌船1艘，敌死伤10余名。

17日，敌船队开到了江头村河面，进入了我大江乡抗日自卫队的伏击圈，北岸走着一队枪头挂着太阳旗的护船士兵，他们沿途烧杀抢掠。正在敌人得意忘形的时候，密集的枪声响彻江面，但敌军自恃武器精良，岸上的护航敌人乱了一下，仍然若无其事地往前走，自卫队员就从埋伏沟里跃到江边的小沟里就近射击，可是敌人的船队还是强行上驶，我军自卫队继续追击。我军抬枪队瞄准前面几条船打，铁砂像渔翁撒网一样覆盖在敌船上，几条敌船被打得东倒西歪，船上的日军慌作一团，争先恐后地向对岸靠拢，船未停稳就一窝蜂似的涉水登岸躲避。岸上的敌人也被抬枪的威力吓破了胆，窜向江头村，用迫击炮还击，做困兽之斗。

战至下午5点钟，正在敌我对峙之际，突然从敌人的背面响起了密集的枪声和手榴弹的爆炸声，原来是横县的抗日自卫队和群众武装听到我们打鬼子的消息后，立即主动出击投入战斗。敌船队遭前后夹击，便以密集火力掩护，驶往思怀乡南岸。敌人船队将要靠岸，我自卫队即以机枪步枪迎头痛击，敌仓皇奔窜回舱内，企图强渡逃跑。但在我自卫队的猛烈炮火下，敌人的舵手及官兵不断伤亡，敌船在慌忙中互相碰撞，有的被打翻，有的被击沉。敌人上岸又不成，在船上又被轰击，真是走投无路，犹如热锅上的蚂蚁，急得团团转，都说中国"钢炮"（敌人误以为抬枪是钢炮）厉害。

日军在无可奈何的情况下，把船队改为横冲队形，分成几个小队，一排一排地冒着我军密集的炮火挣扎着前进，再次企图逃跑。我军奋勇战斗，使敌人寸步难行，当日有5名敌人被击毙，一只船仓皇回驶，一只船被我俘获。是晚，敌船队即撤回横县所属的新村、良村，我大江乡抗日自卫队以抬枪步枪扫射，又击毙敌人10余名。

敌军连日经我大江乡抗日自卫队及横县自卫队的截击，损失惨重。午夜以后，敌人将船上部分枪弹搬至北岸，并在江头村周围燃起一堆堆篝火。但在火光下没有发现敌人活动，也未见敌人射击，这到底是耍什么鬼把戏？两个小时后，火堆熄灭了，敌船还没有动静。为了解开这个闷葫芦，自卫队便派一支精干的小分队去侦察，原来是敌人用的疑兵之计，他们在点燃篝火之前，主力已趁夜色沿着河滩隐蔽的地方，向贵县县城方向逃跑了。我自卫队继续乘胜追击，敌在回窜途中又被贵县石卡乡的自卫队截击，狼狈不堪。

　　这次历时 7 天的截击战，击毙了敌中佐大队长渡部一郎及军曹田板仁寿之等日军、汉奸 40 余名，击沉击坏和缴获敌船 18 艘，生俘日军官横山小二郎和汉奸 4 名，缴获大批武器弹药、物资及文件、地图。

　　胜利的消息传开，广大群众无不欢欣鼓舞，人们都说："共产党领导我们打跑日本鬼子，真有办法！"

抗倭中越边[*]

沈鸿周　张　贤

　　1944 年夏，日军从湖南、广东、越南多路侵入广西，杀戮群众，烧毁村庄，奸淫掳掠，无恶不作，激起了广大人民保家卫国的情绪。中共防城县地下党审时度势，从 1944 年下半年起，就动员党员和进步分子到农村发动群众，建立游击小组或其他秘密组织，准备开展抗日武装斗争。

　　1945 年 6 月 12 日晚，中共防城县特派员谢王岗召集宋森、陈汉东、沈鸿周、严端侨、沈耀勋等，在流经中越边境的北仑河修尧河段的一条小木船上开会，决定于 6 月 14 日（端午节）举行那良抗日武装起义，动员那良地区游击小组部分成员和从沿海区抽调少数骨干共 150 余人组成一支大队，定名为"钦防华侨抗日游击大队"。

　　6 月 14 日，旭日东升，各地参加起义的人员扛着武器

---

　　* 本文原标题为《钦防华侨抗日游击大队抗倭中越边》，收录时做了适当修改。

背起行囊，越过北仑河，来到越南马头山山脚下的里罗村集结。这支以汉、壮族及华侨青年组成的队伍，满怀救国热情，不畏艰险，不怕流血牺牲，争先恐后投身抗日武装斗争。当时正在那良中学就读的华侨女学生张秀，获悉举行那良起义，义无反顾，毅然抛弃优裕的家庭生活，投笔从戎，入伍时将其父母经营的赖以维持生计的一批棉布、羊毛线及西贡币1万余元全部捐出来，为了保卫祖国而毁家纾难。队伍集结编组完毕，党代表陈汉东进行了政治动员之后，大队长沈鸿周旋即宣布：钦防华侨抗日游击大队向棠花进军！

棠花是越南海宁省下居县的一个里（区），为日军占领区，距离我国那良、滩散100公里。15日起义部队翻过马头山，晓宿夜行，向南行进。指战员们身处异邦，心怀祖国，遥望繁星闪烁的故乡，无限激动。第二天拂晓队伍抵达维溪，经一夜行军，大家都感到疲劳，正驻下休息，有的已经入睡。上午9点左右，部队遭到伪军张先兰部的袭扰，黄昏时刻我们又踏上征途，越维溪，过响水龙，连续三夜跋山涉水，终于到达了棠花，在王摩岭下三座峰之间的一个小盆地，被称为"三角灶"的地方安营扎寨。这里地处僻壤，林海茫茫，没有家住就动手伐木砍竹搭草棚住宿，没有铺垫便把青竹剖片架在木条上做床铺。临时搭盖的草棚不严实，每逢下雨，棚子里水漏不停，大家常常要戴着斗笠在棚里熬夜。更有山蚊肆虐，入夜任其叮咬，难以入眠。伙食更差，有时找不到粮食，只得以野菜、野果充饥。敌后游击活动虽然十分艰苦，但指战员们有坚定的革命意志和抗战必胜信念，能够经受任何严峻的考验，保持饱满情绪和旺盛的战斗意志，山谷里不时回荡着嘹亮的歌声。

棠花由十余个自然村组成，数千名居民，大部分是华侨、华裔，其中不少人祖籍那良地区，同起义部队战士是乡亲，语言习俗相同，负责战地群众工作和部队政治鼓动工作的大队政工队分成若干小组，由武装小分队配合，一面宣传发动群众，一面参加劳动。抗日游击大队特别注重做好王摩岭周围山地的瑶族侨胞的工作，不顾山高路陡，爬山越岭，深入里哥瑶族侨胞居住的村寨，宣传中国共产党的抗战路线、各民族团结抗日救国的主张和政策，并与瑶族侨胞头面人物盘志兴认"老同"。瑶族侨胞对沈鸿周等人说，你们是最好的汉人，并坦诚地表示：里哥可以作为游击大队的后方基地。我们这里，鬼子和伪军是不敢来的，如果来了，迎接他们的将是猎枪、大刀和长矛。里哥便成为我们大队的可靠后方。

经过半个多月的宣传发动，就开始挑选何宗枢、何宗信、何宗俭等十余名青年，成立棠花华侨青年抗日自卫队，由何宗枢任队长。何宗枢是一位热心的爱国华侨，坚决支持抗日救国斗争，在村上颇有威望。这次我们大队入越，就是他到中越边境迎接做向导带到棠花的。部队抵达后，他的家就成为交通联络站，还通过他经常派人到附近敌人据点收集情报，了解日伪军的动态。

我们游击大队在棠花的抗日活动，震惊了下居、潭下的日伪军，尤其是公路交通线被切断，对他们更是严重威胁，因而首先出动小股伪军前来破坏。6月28日，下居县伪军大队长陈有六派何宗月率三四十人，窜到下棠花设立据点，做反动宣传，网罗坏人，刺探军情，伺机向我游击大队发动进攻。大队部决定惩罚这股敌人，并决定由第一中队担任主攻，第二中队支援和做预备队。大队长沈鸿周、党代表陈汉东率领部队于29日拂晓进入进攻出发阵地，迅速包围了这一敌据点并发起攻击。在击毙敌哨兵后，紧接着以密集火力同时射向敌群，激战两个小时，该伪军据点的前半部终被我军占领。何宗月率残部龟缩后屋负隅顽抗，部队正组织突击队准备强攻，日军100余人由潭下驰援。为避免损失，大队指挥所命令部队撤出战斗。

当晚，部队转移到江尾村，召开群众大会，庆祝胜利。恰在此时，获悉日军解饷队翌日从新街往芒街途经棠花，即决定在瘦垌村宿营，准备伏击敌人。不料次日清晨却被从下居开来的日伪军100余人突然包围，在敌众我寡、地形不利的情况下，陈汉东率队突围。除战士沈奕文、郑明、女政工队员赖桂儒等冲出外，陈汉东击毙了一名日军后壮烈牺牲，政工队副队长郑翠兰、队员何英、沈淑英等三名女战士被俘。日军进攻棠花途中，抓走了大队部派往与陈汉东联系的战士沈鸿善，敌人对沈鸿善严刑拷打，但他宁死不屈，最后被杀害。郑翠兰等三人面对敌人的淫威，大义凛然，毫无畏惧，始终保持革命者的崇高气节，经组织营救，于日本投降前夕获释归队。

7月下旬，下居、潭下日伪军两三百人，配备火炮，兵分三路，从冷溪、棠花、里西向三角灶进犯。下居之敌五六十人，经冷溪从左侧迂回三角灶；另一路100余人沿公路南下，由棠花正面进攻。下居敌人抵达江尾村时，看到三角灶山上火烟滚滚，便开炮轰击，山坡上冒起朵朵白烟；潭下的日军，配合正面之敌，从右侧向三角灶迂回，拂晓进至里村。我分队长沈耀良、政治服务员张贤率领的小分队首先与敌接触，迟滞敌人前进。在平河的大队主力听到里西枪声，便紧急集合前来增援，大队长沈鸿周率部占据了里西村北部两个高地，集中全部火力向敌人扫射，来犯之敌遭到猛烈的打击，便仓皇后撤，活着的拖着死者尸体，亡命逃跑。副大队长沈耀初率领队伍乘胜追击，驱敌六七公里。

钦防华侨抗日游击大队挺进棠花地区后，虽然取得了很大胜利，但在残酷的斗争中也受到一些损失。从长远计，部队应暂时撤回国内，认真进行整训，提高军政素质，壮大队伍，然后重返棠花地区，在中越两国人民的反法西斯斗争中再立新功！8月初，我们怀着依依不舍的心情，告别了棠花地区的父老乡亲，从越南平河出发，绕王摩岭，过竹排山，穿越古木参天的原始森林区，艰难地行军三天，回到祖国的边境里火，然后过户沟口、奔那飘，进入十万大山南麓腹地黄关。当部队建设和根据地开拓等各项工作正在紧张进行时，传来了日本投降的特大喜讯，全大队干部战士扬眉吐气、欢呼雀跃，沉醉在无比的欢乐之中。

浪溪江畔歼日寇

江　明

　　1944 年 11 月，桂林、柳州、融县相继沦陷，600 多名日军侵占融县长安镇。中共融县特支副书记莫矜北上三江县的富禄，布置我通知在桂黔边活动的曾景，联系有志抗日的青年准备到敌后去打游击。1945 年 2 月，继在上个月组建的融县抗日挺进队之后，莫矜即在融县北区的鼎安、浪保、西隅、长安镇一带组建第二支抗日武装——融县抗日挺秀队。

　　由于驻扎在鼎安乡一带的日军白天四处掠夺，群众忍无可忍，要求挺秀队出击。4 月中旬一天晚上，我们出动准备袭击驻富乐的日军，汉奸维持会向日军报信，日军在据点外后山加强岗哨，黎明时我们队伍还未到达日军据点，即发生遭遇战，双方交火半个钟头，虽毙伤日军及汉奸保安队 10 余人，我方也有 2 名队员负伤，队伍遂撤回山尾，进行整训总结。

　　5 月下旬，驻扎在融县北区浪保、鼎安两地的日军，对我们进行联合"扫荡"，企图吃掉我挺秀队和融县地下党领导机关。"扫荡"前几天敌驻军调动频繁，上级党委即指出敌有撤退的迹象，但其临行前必然要做一番挣扎。因此，敌人"扫荡"前我们就避开了他们的锋芒，敌人来回地扑了三次空。第四天早饭后，分队政治服务员韦克告诉我："上级党委来了指示，说敌人真的要撤退了，我们可不能让敌人溜回去。"果然，到太阳快落山的时候，队长黄略就宣布全队准备战斗。战士们听到这个消息，激动得连特地准备的丰盛晚餐也来不及品尝，便忙着换上新的草鞋，整理戎装。有的跑去一颗一颗地数着自己的子弹，还有几个战士争着一个擦枪油瓶，想把枪支都抹一遍。机枪手老黄同志，一边拆卸机枪，一边自言自语地对机枪说："最后一次打仗了，立大功吧！以后就用不着你了。"引得大家哄堂大笑。韦克同志接着说："打日本鬼子可能是最后一次，但作为革命战士，打仗远不是最后一次。"

夜晚 10 点钟，趁月亮还没有出来，我们绕小路走了 20 多里，便在马路边一个山坳下隐蔽起来。突然竹林后的瞭望哨发出了猫头鹰的叫声，这是发现敌人的信号，于是大家心情紧张起来了，接着传来了狗吠声和咿咿呀呀的说话声，"鬼子来了！"只见 100 多个敌人走进了我们的"长龙阵"。敌人走得更近了，我们惊讶地发现对方走在前头的除了 10 余个持枪的日军外，大部分是被拉来挑担的民夫。队长黄略迅速地把放在嘴边发令用的哨子拿了下来，让被拉来的民夫顺利地走过去，没有惊动这批日军。这时天色已大亮，第二批八九十个日军走过来了，全部敌人都进入"长龙阵"了，黄队长的哨声刚响，我们的步枪、冲锋枪、机枪一齐吼叫着，击毙了部分敌人，还有部分敌人利用倒下来的尸体和马匹做掩护开始还击。

为了诱使还活着的敌人上钩，黄队长吹起一阵漫长的停止射击的哨声，我方的阵地随即静默下来。日军盲目地扫了几排枪以后，听不见我们的枪声，以为我们撤退了，几个日军一边叽里咕噜地叫喊一边站了起来，并指挥其他日军都站起来，残敌完全暴露了。黄队长及时发出射击的哨声，我们开始了第二次密集的射击，十多个敌人应声倒地。我们又猛打了一阵，听不到西岸的枪声后，除留一部分人控制对岸外，其余同志争先恐后地涉过西岸，只见日军的尸体横七竖八地摆着，我们从尸体上取下枪支，乐得战士们都狂喊起来！

当我们正准备第二次过江去搬运剩下来的武器、物资时，后山却响起了连续的猫头鹰叫声，这意味着大批增援的敌人来了，黄队长当即发出集队的哨声，全体队员迅速往后山安全地撤退。这时，东方的太阳已升上树梢，山谷丛林中荡漾着游击战士的歌声。

五指山上现红霞

廖之雄

　　1943 年 9 月，我们琼崖抗日独立队第四支队队部，接待了三位风尘仆仆的黎族同胞。他们形容枯槁，下身围着一块破布，上衣被刮得变成了破布条条，蓬乱的长发可以梳辫子，手里拄着拐棍，脚上长着毒疮，在寒风里哆嗦着。

　　他们见到支队长马白山同志时，立刻丢了拐棍，用少数民族的大礼拱手深深一躬，头几乎砸到了地面，话还没出口眼泪便流了出来，长叹一声说："东门不开西门开，东找不到西边见。我们三次派人找呀找，奔走几个月，今天可找到你们了！"

　　首长们赶忙让他们坐下，找来几套衣服给他们穿。

　　他们坐下来哭诉："父母军，救救我们吧！派队伍到我们那儿去吧！要不，我们要被国贼（黎胞对国民党的称呼）杀光的呀！"

　　原来日寇登陆海南岛以后，国民党军不事抵抗，却窜进了五指山黎族、苗族人民聚居地区，疯狂掠夺各种资财，并且残暴地欺侮黎苗百姓。

黎苗族群众忍无可忍，在首领带领下杀鸡饮血，盟誓杀贼，准备全面起义。风声传到国民党匪首耳里，7月16日中午，起义队伍还没有集齐，国民党联络所所长便带着十几个匪兵前来，将起义的黎族首领王国兴、王泽义等逮捕。另一首领王玉锦机智地在半路逃脱了，他一回来便发动黎胞营救被囚的首领。当夜，五指山各山村烛光明亮、香火缭绕，10岁以上的男丁个个带着匕首、弓箭、长矛、粉药枪，举起竹筒喝血酒盟誓。

沉睡的五指山沸腾起来了，黎苗同胞向国民党军展开了猛烈进攻，杀死了伪乡公所的国贼，还攻下了两个伪县府，起义像决堤的洪水淹没了敌人。国民党琼崖当局十分恐慌，立即纠集1000余兵马镇压起义群众，到一处杀一处、到一地烧一地，被杀的黎苗同胞达1万人左右。

"怎么办？难道就这样等死吗？""要去找个出路！找共产党去吧！能救黎苗族出火坑的，就是这支扛红旗的队伍！"他们在纷纷讨论着。

马白山同志听着黎胞的哭诉，安慰他们说："我们是穷人的队伍，搭救黎苗同胞，义不容辞啊！"

过了几天，马白山同志对我说："廖参谋，冯白驹同志同意派你进五指山。"

我问："带多少人？"他说："五指山我们从来没有去

过，不能轻举盲动。你先带几个战士进山，迅速把一切情况了解好。"

支队政委陈青山同志说："你是作为党的代表派到五指山区去的，处处要为党着想，对黎苗同胞要讲究党的民族政策。暴动失败和敌人围困使他们的信心受到挫折，你要把党的力量带进五指山，使他们受到鼓舞，坚持斗争，配合我们部队进山。"

10月，我和王茂松带领几位战士，组成一个工作组，跟着三位黎胞长途跋涉，终于进入了五指山。

我们来到起义黎胞聚居的山头，他们一见我们立刻欢呼起来："共产党的代表来了！""红军来了！"王国兴等首领听说我们来了，喜出望外，和我们施礼相见。但他们见只有我们几个人，而没见到大队伍时，顿时显得很失望。我知道，要让他们立时了解很多道理，还得做许多艰苦细致的工作。

我们进山的第二天，就和他们一样吃野菜，他们很是过意不去，抱歉地说："山上没有什么好吃的呀！"

我们一边大口吃着一边说："不要客气，我们都是一家人，要是没有日本鬼子和国贼来欺侮我们，我们也不会受这个苦。"

我们还一起去挖野菜，我拔了一把飞机菜和一把京菜说："这两种野菜好得很，用飞机菜当饭，用京菜当菜，最妙了，我们管飞机菜叫革命菜，因为我们常吃它，它对革命有很大贡献哩！"

两天之后，我们基本了解了山上的情况：黎苗同胞分散在各个山头，每个山头只几个人或十几个人，最多的也只有五十几个人。国民党守备二团驻扎在附近村庄，在几十处隘口上设立了岗哨。我们部队不宜马上进山，只有先发动群众，建立武装，从山里打开局面。我们一面等待部队的指示，一面积极开展各方面的工作。

每天黄昏，我们都围着火堆和首领们促膝长谈。首领焦急地问："部队什么时候来呢？"

我说："要看这里准备得怎么样。我们把大家再动员起来，就可以把他们赶跑，我们不能老待在山上，要下村走一走，把各村的人再组织起来。"

"可是我们下山，不就把国贼引到这里来找我们了吗？"他们有些疑惑。

"引来了又怎样？五指山像天空一样广阔，像深海一样神秘，他奈何不得我们。再说，我们多下山，取得了群众的信任，群众就会保护我们，不会有什么危险的。"

我们给他们讲游击战争和毛主席开辟井冈山根据地的故事，首领们信服了，决心把分散在各山头的人联络起来，把各村群众组织起来，并选派十几个精壮青年到支队去受训。

各个山头每隔几天要派人到这里向首领汇报情况、领受指示，有时也出现一些生疏的面孔。一天，一个自称王月全的汇报人不像其他人那样谈完情况就立即动身回去，却从容地留下吃"饭",直到太阳落山才懒洋洋地拖着步子走了。我心里犯疑,对首领们说:"今晚要搬家。"并说出了我的怀疑。可有人却摇摇头说:"没有关系!"我只好先搬到山那边,天黑时又硬拉着他们离开山头。

一夜平安无事。第二天早上有人倒反过来开我的玩笑说:"廖参谋,没有关系吧?"可是不到中午,就看见山下一个人匆匆忙忙地上来报信,原来昨晚一个嫁到外村的姑娘从一家小贩的窗户边经过时,听到里面叽叽喳喳地有人说话,她只听到一个人问:"杀掉……没有!"另一个回答:"我们摸上山去……"她听到这里吓了一跳,没命地赶回娘家报信。首领们瞬时脸色大变,心有余悸地说:"多亏部队代表要我们挪了地方,要不昨天晚上我们就见祖宗老子了……"

起义总指挥王玉锦原先见我们没有派部队进山,赌气不肯跟我们见面,这时也要求杀国贼。他们说:"我们发动千把人上山,自带土枪粮食,你来训练,到时杀下山去!"

我说:"兵不在多,能精就好,现在粮少弹缺,能把50个人训练好,今后很快就会发展到500人、5000人以至于5万人!"

12月,五指山呈现出一片兴旺景象,各村各洞共送来400多名青年,他们唱着山歌,扛着猎枪,背着粮食,威风凛凛地走来。我们从中挑选了10余个精壮的送到部队,又挑选了50多个成立小部队;支队部也派来了一批骨干,大部分是第一次送到支队训练的黎族战士。从此，五指山建立起第一支有组织的黎苗族青年队伍。

1944年2月上旬的一天，村里来人报告：国民党守备二团机枪连上调团部，明天要经过一段河谷，这是很好的伏击机会。次日我和王玉锦带领小部队埋伏在沿河的村里，又要求各村组织群众埋伏在大山岭上呐喊助威。中午，国民党军队成一路纵队远远走来，可惜我们组织不严，被敌人发觉，他们还没有走进伏击圈就掉头往后跑。我和王玉锦命令一律不用土枪弓箭，只管鸣枪追赶。霎时间，子弹在敌人的头顶上嗖嗖掠过。山头河岸黎族同胞喊声震天，一阵紧似一阵，国民党兵吓得魂飞天外，相互推撞踩踏，还丢下一挺机枪，夺命逃回团部。

守备二团团长王弼见到狼狈不堪的机枪连，大吃一惊，慌忙抓来黎族同胞拷问。黎族同胞都说从山上下来大批正规部队，枪打得像放鞭炮一样分不出点，夜里回山时火把照得半天通亮，机枪连残兵败将极力证明黎胞说得对，并向团长说："要不是共产党正规部队来了那么多人，我们怎么会有这么大的损失！"敌团长被吓得下令移防，后撤几十里。

这时，群众情绪达到高潮，踊跃捐献粮草，参加斗争。2月中旬，我们召开了村代表会议，决定在二十几个村子里成立自卫队，实行联防，并以在山上的小部队为主，建立起中心自卫队。1945年春，李振亚同志率领琼崖挺进支队进入山区，建立了五指山根据地，红旗从此飘扬在五指山上。

抗日烽火中的儿童团

符树森

当年在抗日烽火连天的琼岛上，活跃着一支生气勃勃的抗日队伍——儿童抗日救国团。我 12 岁参加了儿童抗日救国团，历任村、乡、区的儿童团团长。儿童团里都是 10 岁至 17 岁的儿童，他们遍布全岛各县、区的乡村，人数达数万人之众。他们在中共琼崖特委领导下，宣传群众、筹粮、筹款、站岗放哨、交通送信、侦察敌情、配合作战，样样干得很出色，群众称赞他们是"人小志大的红孩子"。

有一次，区委派我送一封绝密信给下荣村党支部。接受任务后，我拿来一个南瓜，轻轻沿着瓜蒂边缘的纹路切开一个小洞，把密信捅进南瓜肚里去，然后再原样盖好。把信藏好后，向下荣村出发，由于鬼子要"扫荡"了，一路上连个人影都看不到。我正暗自庆幸今天能顺利完成任务，谁知快到下荣村时，突然与鬼子骑兵在野菠萝夹着的牛车道中相遇。鬼子的马队向着我奔来，我知道要躲开已来不及了，干脆抱紧大南瓜镇定地站在路边。待鬼子马队来到面前时，我装着献殷勤的样子，右手举到破帽边沿，一个劲点头喊："先生敬礼！先生敬礼！"

我以为这么假献殷勤一番，鬼子骑兵队就会过去，想不到一个当官模样的鬼子勒马停了下来，用怀疑的眼光盯着我藏密信的南瓜，问："喂！您的小孩，抱南瓜的什么的干活？"

我的心一下子提了上来，但很快就露出一副笑脸，回答道："送亲戚吃。先生，您要？"我故意大大方方地把南瓜向他伸去。想不到这个动作，一下子解除了他对南瓜的怀疑，他一定认为我不过是个抱南瓜走亲戚的小孩，便招呼他那帮同伙策马飞驰而去。就这样，把信安全送到了下荣村。

我们儿童团经常把密信塞进南瓜肚里，藏在破竹笠里，缝在破衣服里，或夹在放牛的草垫里，佯装走亲戚、放牛、割草料、赶牛车、拣牛粪、赶集，或打扮成衣服破烂、浑身泥污的小叫花子等，一次又一次地骗过敌人，为党组织送信、窥探敌情、偷取情报，为抗日做出我们儿童团应有的贡献。

"连环岗哨"，就是把全区各乡村的儿童团联络好，白天各村派一两个善爬树的儿童，爬到本村最高的树顶上去监视敌人。我们第一区是平原地带，在树尖上视野很开阔，敌人在很远的地方我们都能发现，而我们人小，藏在树顶上，下面有树叶挡住，敌人却看不到我们。

由于每村都有瞭望哨，一村接一村，可以直接伸到日伪据点附近。日伪一旦出动，靠近据点的瞭望哨马上挥动帽子或衣服，传出约定的表示敌行动方向人数等的暗号，相连的村就用同样的方法一村一村传开去，很快全区都能知道敌人出动的消息。

为了让消息以最快的速度报告给村干部，各村还利用小孩跑得快的特点，组织"接力报警组"。树上瞭望哨一把暗号传出，"地下接力报警组"就按分工的路线，一站一站地跑步传到预定地点。

为防止树上的情报漏传，我们还布置儿童团团员白天到野外放牛，晚上到地里看庄稼时都要注意敌情，一有情况立即跑回村里报告。我们多种方法相结合，做到树上瞭望与地下监视相结合，暗号联络与接力报警相结合，白天黑夜不间断，一环扣一环。我们的"连环岗哨"，时效性很强，无数次地使我抗日军民躲开了敌人的突袭。

1942年6月的一天，我中共昌江县第一区委，开完布置反"扫荡"的区委会后，区委副书记赵上阶回大新村传达会议精神。敌人可能是从汉奸特务那里得知了我区委派人到大新部署反"扫荡"的消息，就在区委副书记赵上阶到大新村不久，四更据点的鬼子便出动骑兵队朝大新扑来。四更离大新村仅5公里多，情况很危急。

在此时刻，我们儿童团的"连环岗哨"发挥作用了。敌人一从四更据点出动，四更的儿童团瞭望哨就很快传给离下荣不远的大新村瞭望哨。正在野外放牛、负责接力报警的儿童团团员符德美，立即跑回村向我报告。区委副书记赵上阶、大新村党支部书记赵廷洁、支委赵宪祥等七八人，听了我的报警后，马上转移到村北面那个秘密地洞里藏起来。他们进地洞没多久鬼子就赶到，气势汹汹的鬼子兵又扑了空。

1944年6月的一天，琼崖抗日独立总队政治部主任黄魂同志一行人，执行任务途经上荣村时，遭到日寇骑兵队的袭击。在激战中，警卫员击毙了两名鬼子，可黄魂同志却不幸中弹牺牲。当时其他随行人员幸得及时往北撤走脱险，但恼羞成怒的鬼子骑兵30多号人马，仍然扑向北面的大新村，企图追杀我撤退人员，上荣村和大新村只隔约2公里，情况万分危急，我大新村干部群众都钻入地洞或躲到野外避敌锋芒去了。

万万没想到，在此危急时刻，琼崖抗日独立总队干部符致东、谢应权等五六个人，从西区去南区，因不知敌情，竟从昌化江北岸突然来到大新村。当时我们儿童团几个人凭着人小目标小，奉命在村里监视敌人动向。大人不在，符致东、谢应权等同志只好由我们接洽。我一面派儿童团团员符宪荣爬上树顶观察敌情，一面向他们简介敌情。

完后，我正想跑到野外找到大人商量时，突然从树上传来符宪荣焦急的报告："团长，鬼子骑兵向我们这里奔来了！快带同志们躲开，不然就来不及了！"他边说边滑到树下。

我突然想起村北面不远处有个秘密地洞，连忙说："快跟我跑！"大家拔腿就跟我狂奔起来。

可还是慢了，刚出村就听到后面战马的嘶叫声，鬼子也到了村北头。他们很快发现了正狂奔的我们，便策马追来，眼看就要追上了，只相距两三百米了，我忙叫符宪荣顺着牛车道往西北方向跑，把鬼子引开，我则带着大家急转回南，迅速闪入了秘密地洞。

鬼子追上来后，看见西北方向的牛车道上有人时隐时现地在沿着路旁野菠萝丛奔跑，就不顾一切继续顺着牛车道向前追，还边追边打枪。

符宪荣估计我们已完全进入地洞，突然钻入野菠萝丛，他甩掉了追赶的鬼子，左钻右钻便不见踪影了。鬼子却一直朝西北方向猛追，追了好大一会儿才知道上当了，可是已经晚了，只好垂头丧气地返回他们的老窝了。

琼崖纵队的女护士[*]

王秋苹

　　抗日战争时期，我们琼崖纵队处在敌强我弱的境地，每天像捉迷藏似的在岛上和敌人周旋。我们女护士扛着枪，搀着病号，抬着伤员，跟部队一块走，往往一个夜晚要走百八十里路，走到渺无人烟、人迹罕至的大山或大森林才算到了目的地。到了目的地，我们一个个筋疲力尽却得不到休息，还得给同志们烧开水、做饭，做护理工作。

　　我们还常常要参加火线抢救。我们女护士天天高喊着口号激励战士们冲锋，在敌人密集的火力下抢救伤员，白天抢救不下来，便在晚上爬到敌人铁丝网跟前去抢救，我们中队四位女护士在儋县战斗中就牺牲了三位。19 岁的女共产党员陈桂兰同志，负重伤后还鼓励战士作战，一直到牺牲。我也身负两次伤。战场救护虽然危险，但我们仍然义无反顾，

---

　　* 本文原标题为《琼纵女护士生活断忆》，收录时做了适当修改。

始终与前线的战士们战斗在一起。

1943 年儋县战斗后，敌人调集了大部队前来报复，我们部队迅速转移到敌后去。上级留下 15 名重伤员，交给我和陈玉娥同志一起照顾，给我们留了 30 斤大米和几斤猪肉，要我们隐蔽在离儋县四五十里的深山里，说三天后来接我们。

三天过去了，一个星期又一个星期过去了，来接我们的队伍连人影也没有见，我们的粮食早就吃完了。有人说，在海南岛，人是饿不死的，椰子、木瓜、香蕉到处都可以吃得饱。不错，海南岛出产丰富的粮食和水果，但并不是到处都有，而是多半集中在地主的庄园里。我们要吃这些东西，不付钱就要付命。

我们还得在山上想办法，我们找遍了山上一切可吃的草，把野香蕉树干也拿来当食物。我们用白开水煮竹笋、煮野菜充饥，吃得大家都涨肚子、拉稀，全身浮肿、四肢瘫痪，脖子发硬，严重的患上了麻痹症。伤员没得饭吃，饿得昏迷不醒，醒来便喊着护士。我和玉娥喝白开水充饥，腹内咕咕直响，一听到伤员的喊声，心里却像油煎火燎一般。

我们想尽一切办法跟饥饿做斗争。我和玉娥用破毛巾把头发包起来，化装到远处的集镇去搞粮食，在夜里悄悄敲开基本群众的家门，东一碗西半碗凑点稀饭杂粮，有时也能借到一二斤米粮做一顿米饭，让大家一口两口分着吃。有时一点也借不到，还得冒很大的风险。有一次，我和玉娥经过一家恶霸的大粮仓，恶霸见我们衣衫褴褛，以为我们是乞丐，放出恶狗来，把我们的衣服都撕碎了，一直追赶我们好远。我们俩跑回山里，像摊泥似的倒在同志们身边，一天也没有恢复过来。

一天夜里，我和玉娥悄悄地跑出 20 多里路去找粮食，发现老乡地里有地瓜，每人挖了二三十斤往回跑。第二天，伤员意外地见到地瓜，大为惊奇，追问从哪儿来的。我们照实说出来，他们都不高兴了，责备我们说偷来的地瓜，饿死也不吃！我们俩委屈，禁不住低下头呜呜直哭，他们自己也流下泪来，大家相抱而哭，越哭越厉害，谁也不肯吃一口。最后，还是年老的重伤员陈开新副中队长宽慰我们说："算了吧！我们欠下人民的债，等胜利以后再偿还吧！"

饥饿逼迫着我们，伤病更折磨着我们。伤员的伤口得不到药品治疗，化脓溃烂，臭得使人作呕，苍蝇叮在伤口上，白蛆也挤在伤口上。我和玉娥只有一把破剪子，没有镊子也没有棉花，只好用开水往伤口上冲，或用树叶鸟毛蘸着开水洗伤口，用手指把蛆虫拨掉。洗好伤口再敷上树叶，用棕丝搓成绳子绑上。陈开新副中队长的伤口发炎肿胀，大腿变成黑紫色，看一眼都叫人害怕。有的重伤员伤势变得越来越危险，嘱咐我们一句："坚持到胜利！"就闭上了眼睛。我们怀着悲愤而又沉痛的心情，用菜刀、用手指掏开泥土，把死者埋在棕榈树下……

在那样艰苦的岁月里，我们仍然强烈地憧憬着未来和胜利！伤员问我："胜利后，你想干什么？"

我那时把海口市看作世界上最美的城市，毫不迟疑地说："到海口去。听说那里有医院，护士还穿白衣服呢。"

有的伤员接着说："不坏，那里什么都有，高楼大厦，电灯电话，出门坐车……"

班长李振义反问陈开新同志说："你还当连长吗？"

陈开新同志回答说："连长，我还能当一辈子？我最喜欢到锤子镐头叮当响的地方去做工，去开矿，或者去修铁路也好……啊，海南岛有铁路就好了，听说火车跑得很快，一坐上'呜'一声，到哪儿都行。"

黎族战士陈妍贵很惊奇："到广州去也行吗？中间隔大海，不会掉下去吗？"

司务长陈亚光是广州人，听了哈哈直笑，说："海上可以架桥，没桥坐船也行。坐飞机更快，两三顿饭的工夫就到……"

我们谈啊讲的，一直谈到月亮到了中天，一直谈到大家躺在草地上响起了鼾声。

战斗在五指山上

张世英

  1945 年，琼崖特委和琼崖纵队决定：迅速扫清盘踞在五指山腹地的国民党反动势力，尽快建立起巩固的五指山中心根据地，团结黎胞、苗胞，发展壮大抗日武装，发动全面的抗日战争。琼崖纵队决定把活动在五指山周围的第一支队、第二支队、第三支队的主力大队组编成挺进支队，由李振亚任支队长，符荣鼎任政委，我任副支队长。6 月中旬，在阜龙乡召开了挺进支队大队以上干部会议，宣布了总部关于成立挺进支队的决定和各级干部的任命，进行了开辟五指山根据地的作战部署，随后各大队展开军政训练，指战员的军事素质有了明显的提高。

  训练结束后，部队准备向五指山腹地进发。正在这时，国民党守备军第二团后勤人员吴清芬的投诚正好为我们了解敌情提供了条件，于是决定由我带领两名警卫员和两名驳壳枪班战士，由吴清芬带路，深入敌巢罗任侦察。我们一行六人在一个星光微弱的夜晚出发了，为了隐蔽行动，一路上不走大路、专抄小道，一会儿爬悬崖、一会儿越沟壑，天亮之前顺利到达罗任，攀上了罗任岭。警卫员和驳壳枪班战士警戒，我爬上大树观察敌人的设防和活动情况，然后我们又到位于罗任东南方的南挽村的敌军械厂侦察。三天后，我们回到了部队驻地。

我们侦察归来的第二天早上，李振亚、符荣鼎、王卓群和我军几个支队干部研究作战方案。我首先汇报了侦察的情况，我拿一根树枝在地上边比画边讲：罗任西北约30里地的合口，驻有敌守备二团的1个前哨连；罗任的北面与罗任仅一坡之隔的白水港驻有敌人1个营（欠1个连）；罗任东南面10余里处的南挽村驻扎着敌人的军械厂，有1个连护卫；罗任驻有敌守备二团团部和白沙、临高、儋县等几个县的流亡政府，有不足2个营的兵力，其中一个营是被我们打击过的败兵；罗任的东、西、南面构筑了不少工事，紧靠白水港的北面虽然没有什么工事，但有1个营驻守。我们若是强攻，恐怕难以奏效。

李振亚在听取大家的意见之后，提出了一个作战方案：首先派1个大队，以迅雷不及掩耳之势，一口吞掉驻合口的敌前哨连。然后，部队兵分三路向敌巢发起攻击，一路绕道罗任，直插南挽村的敌军械厂，吃掉敌人的警卫连，来个声东击西调虎离山，吸引罗任的敌人向军械厂出援；而后，隐蔽接近罗任的两路部队，一路从东南方向向罗任敌巢佯攻，并负责切断敌人的退路；另一路主攻，以优势兵力强攻拿下白水港村，以此作为向罗任进攻的突破口，迅速进逼，把敌人歼灭在罗任。会议决定，歼灭合口敌前哨连的任务，由我率领一大队去完成。

在进行了充分的战斗准备之后，我率领一大队向合口疾进。凌晨，启明星还在夜空眨眼，我们来到紧挨着合口村的山岭上。在朦胧的夜色中，可以隐约看见合口村的轮廓，挂在敌人哨棚上的风灯闪着阴森的幽光。合口村北山临河，地形对我们进行突袭十分有利。我根据侦察掌握的情况，决定分两路合击，先隐蔽接敌，再突然猛攻。部署完毕，两支分队便像两支利箭，无声无息地快速插向合口村。枪声打破了拂晓的宁静，整个合口村顿时像爆豆似的闹腾起来，敌人的哀号声和枪声、爆炸声混在一起。有的敌人懵懵懂懂地从梦中惊醒，还不知道是怎么回事就当了俘虏，有的敌人刚想抵抗就被撂倒了。更可笑的是，驻在村边的一个班的敌人听到枪声后，跳下床就慌慌张张往外逃命，在合口村河边被我们截住时，什么洋相都有，有的光着上身穿着裤衩，有的用军衣包住下身，一个个瘟鸡似的耷拉着脑袋。由于我们动作勇猛，不到20分钟，敌人大部就被歼灭了。

我们拿下合口村不久，李振亚、符荣鼎带着第二大队、第三大队和四支队赶到了，接着二支队别动队也在陈求光副支队长的率领下赶来。李振亚看进攻罗任的口子已经打开，便命令挺进三大队派一个中队向罗任方向警戒，其余就地休整。晚上，由我率领一大队偷袭敌军械厂，由四支队三大队和二支队别动队佯攻罗任，由挺进队第二大队、第三大队向白水港村发起强攻。为了达到既捣毁敌兵工厂又吸引敌人援兵的目的，我和一大队的干部研究决定，以两个中队分进合击，以一个中队为机动。次日凌晨4点，南挽村的敌兵工厂死一样的寂静，突击队一声不响地解决了敌哨兵，冲进兵工厂。霎时间，枪声响了起来，敌人被这突然袭击打蒙了，很快就失去抵抗力投降了。

袭击兵工厂的战斗打响后，罗任的敌人果然听从我们的调遣，在太阳初升的时候，赶来增援的一个营的敌人赶到南挽村村北。我们假装畏战溃逃，引诱敌人追赶，敌人紧紧追来。我们从南挽村撤退不久，罗任方向传来了激烈的枪炮声，向敌巢进攻的战斗打响了。尾追我们的敌人听到罗任方向枪声大作，知道上了当，便想赶回罗任救援。哪知我们只是以一个小队吸引，主力已转移到敌后，切断了敌人的退路。敌人看老巢危急，退路被阻，无心恋战，我们一冲击，就把他们冲了个七零八落，一个个争相夺路逃命。

我们击溃敌人之后，便向罗任方向靠拢，赶到罗任时战斗正在激烈地进行，白水港村的敌人占据有利地形，用猛烈的火力进行阻击。李振亚迅速调整了部署，把我们一大队调到进攻方向，加强攻击力量，经过一番激战，终于攻陷了白水港村。白水港村与敌巢罗任只有一坡之隔，白水港村失守，罗任便陷入四面包围的处境。为了不给敌人喘息的时间，白水港村战斗一结束，各部队便同时向罗任发起猛烈攻击，罗任守敌很快土崩瓦解纷纷逃窜，我们穷追猛打，一直追出十多里远。

打下罗任后，部队在休整时，抽调了几十名干部战士组成工作队，深入黎村山寨，发动、组织群众。

攻陷罗任后，一些藏匿在山上的国民党军散兵游勇冒充琼崖纵队杀人放火、抢劫财物，使黎族群众分不清真假，只要一见到队伍就四处躲藏起来。工作队进寨之前，黎族群众早就上山藏起来了。我们知道，黎族头领王国兴在这一带村寨有着很高的威望和很强的号召力，便让随部队行动的白乐保解放团的黎族战士用黎语高声呼唤："王总管已请来'答伐'（红军）赶走国贼了！"躲在山洞、密林中的黎胞听到呼喊后半信半疑，选派几位老人下山，他们回到寨子里一看，工作队打扫卫生、修补茅寮、喂养家畜，便给工作队队员们磕头，连声说："真是父母军，父母军！"

"父母军进寨了！"这消息像春风一样吹遍了五指山的村村寨寨，躲藏在山上的黎胞们纷纷下山回寨，并组织了慰劳队，拿出山兰酒来慰劳工作队，黎家姑娘还唱了悠扬的山歌："五指山上飞红云，红军来到赤黎村，青藤缠树永相随，黎家世代爱红军。"黎族群众还主动带领我们追剿游散在山上的国民党残兵。在工作队的组织下，各个村寨的生产自救组成立了，民兵组织建立了，黎族青年纷纷要求参加挺进支队，整个白沙纵横100多里均成为抗日根据地。

国民党琼崖保安司令兼行政长官丘岳宋为了保住五指山老巢，不惜血本，打出最后一张王牌，派杨开东率领保安六团，杀气腾腾地开赴鹦哥岭下的毛栈、毛贵一带进行反扑。琼纵指示我们，一定要打垮保安六团。李振亚派人前往毛栈、毛贵一带进行侦察，摸清了敌人的部署：保安六团有2个营，团部及一营驻在昌化江边的会统黑村，二营驻在毛阳，国民党乐东县游击大队驻在毛贵。在中队以上干部参加的作战会议上，李振亚诙谐地说："杨开东自诩是天上雷公，我看他只不过是地上饭桶。他把部队摆在昌化江一线，相互距离二十来里。在会统黑至毛阳之间也有河，在毛阳至毛贵之间也有河。他骄横至极，把两队人马隔河驻防，如果一方被袭，另一方只能望河兴叹。我们可以置敌一部于不顾，集中兵力歼敌一部，各个击破。"经过充分讨论，最后决定"打蛇先打头"，留下2个中队警戒敌二营和游击大队，其余力量全部投入歼敌一营的战斗。

部队是在8月23日拂晓时分向会统黑敌团部和一营发起攻击的。战斗进行得比较顺利，从睡梦中惊醒的国民党官兵被打得鬼哭狼嚎，仅30分钟部队就逼近了敌团部。驻在毛阳的二营看到团部被袭，急忙出来增援，但被阻于毛阳河对岸。半个小时后，杨开东见伤亡惨重，二营增援又被阻，便率残部逃窜了。打扫战场时，在敌团部发现了一份国民党政府《关于日寇无条件投降的通令》的文件，支队部的传令兵立即骑马疾奔来送给我，并转告说李参谋长要我立即派人把文件送到总部。

一天后，我们在牙叉胜利会合了，大家跳呀、笑呀，到处洋溢着胜利的笑声和歌声。

开辟交通线

赵登孚

自从琼崖特委和纵队领导机关迁到白沙的阜龙一带之后，我们第三支队与司令部的联系就更加困难了。当时，我们支队正在陵水、保亭一带活动，由于没有无线电台，与司令部的联络只能靠交通员的一双脚。可是敌人封锁严密，交通员一走就得绕半个海南岛。为改变这种状况，支队决定打通一条直达司令部的近路。领导把这个任务交给了我。

根据支队部的指示，我先到吊罗山苗族山区，伺机穿过国民党顽军的统治地区，从海南岛中部山区直插司令部驻地。在吊罗山抗日后备大队队长陈斯安（苗族首领陈日光次子）的支持和帮助下，1945 年 8 月初，我在竹笠里藏好带给司令部的密信，装扮成一个苗族山货商，从吊罗山出发了。

随我一起走的还有两个人，一个是陈斯安特意派给我的苗族民兵中队队长陈其芳，一个是大平村的苗族小贩郑明秀。郑明秀经常跑琼中、白沙一带做山货生意，路熟，人也熟，善于应付各种情况，所以让他带路。为了能顺利通过路上的道道关卡，防备国民党军警的盘查，我准备了一些鹿茸、鹿膏，还学会了一些简单的苗语。我们一路上说说笑笑，不知不觉已走到吊罗山山脚下。这时，天已经完全黑了。

"站住！干什么的？"冷不防在我们面前跳出来几个黑影。我心里思忖：郑明秀说过的那个国民党顽军的班哨大概就是这里了。

"我们是做生意的，要到营根去。班长们这么晚还为咱老百姓巡逻放哨，真是太辛苦了，太辛苦了……"郑明秀又是点头又是哈腰。

"哼哼！天这么黑还赶路，我看八成是共产党吧？"旁边一个"鸭公嗓"冷冷地说。

"哎哟，看这位班长说的。要真是共产党才没有这个胆量哩。嘻嘻。我上月初三才从你们这儿过哩，你们好几位班长都认得我。不信你瞧瞧，嘻嘻……"

"鸭公嗓"真的照亮手电筒，往郑明秀的脸上照了照。郑明秀抬手护着眼，仍在龇牙咧嘴地笑着。随即，手电筒的光柱又罩住我。郑明秀忙说："他俩是跟我同村的，大平村，嘻嘻，就是你们张排长住的那个大平村。你们那个张排长还经常到我家去讨鹿茸末吃呢……"

"快滚吧，少他妈啰唆！到营根有好烟替我们买条回来！

苗崽，记住了?"

"那当然，那当然，嘻嘻……"

也许看见我们三个人都是苗人打扮，这几个兵没有怎么检查就让我们过去了。过了哨卡，走不多远便到了大罗村。这就是我们的第一个落脚点。

郑明秀把我们领进村口的一间茅屋，用苗语对屋主低声交代了一番。在昏黄的灯光下，我看见屋主约 40 岁，黑黑瘦瘦的，但很结实，脸上挂着淳朴可亲的笑容，是个诚实可信的人。他一边听着郑明秀的介绍，一边频频地点着头，不时还笑眯眯地打量着我俩。随后，他就张罗开了，先吩咐儿子到村口望风，又叫儿媳妇生火做饭，他自己拿起一个大木盆也出去了。这时，郑明秀走近我，说："老赵，我就没事啦。明天他（指屋主）带你们走。你们就在这里歇吧，我到别家去睡。"郑明秀刚走，屋主端着一盆水进来了："来来来，先洗澡，后吃饭。"这第一天虽然有些情况，但总算顺利过来了。

在我洗的时候，突然屋主的儿子跑进来，伏在屋主耳边叽叽喳喳地说了一阵。屋主一听，马上把我推进他儿媳妇的睡房，自己坐到洗澡的矮凳上，把双脚伸进木盆，搅得水"哗哗"直响。我正莫名其妙，忽听得一阵脚步响。我贴着门缝往外看，进来的是两个国民党兵，那个矮个子问："喂，看见三个陌生人进村吗?"屋主慢条斯理地搓着脚："什么陌生人?我家没有。要是有，一定去报告。"三个士兵满腹狐疑地四下环顾了一番，便嘟嘟囔囔地走了。

屋主跟到门口望了望，转身对我说："别紧张，我们苗家女人的睡房，未经主人同意，他们是不敢随便进的。他们怕我们苗人有'禁'哩！"说着，便哈哈笑了起来。

过了一会儿，那三个士兵又转回来了。他们像是嗅到什么气味似的，坐在屋里，东拉西扯地不肯走。屋主心里焦急，但还是耐着性子陪他们闲聊。他见那个矮个子老是贼头贼脑地往儿媳妇睡房那边瞟，便灵机一动，大声说："喂，你们都听说了吧？前些天，有个过路客商进我们村谁谁谁家去了，看见人家姑娘靓，就动心了，不咸不淡地说了好些风流话，还随便乱动人家屋里的东西。谁知他回去几天后，嚯嚯……"屋主停住不说了，而且神情显得有些神秘。

那三个士兵把脖子伸得老长："回去怎么了？"

"病了！不明不白的，吃了一麻袋药都治不好，后来就死了。"

三个士兵听得目瞪口呆。屋主又神秘地说："你们猜，这是怎么回事？他惹得那家苗人恼火，对他放了'禁药'了……"那三个士兵被吓得如坐针毡，赶紧起身走了。

屋主的儿子和儿媳妇把我和陈其芳（他一直躲在厨房里）叫了出来，热情招待我们俩吃饭。饭是用山兰米煮的，很香很软；菜是一盆鲜鱼竹笋汤。走了一天路，我们俩真饿坏了，端起碗就狼吞虎咽地吃起来。屋主的儿子和儿媳妇站在一旁，一迭声地劝我们多吃，不断地替我们俩添饭夹菜，那股热情劲儿，真叫人既感动又有点不好意思。

第二天一早，由于还要经过村边的国民党顽军哨卡，我们俩便按照屋主的安排，装扮成到河边打鱼的模样，陈其芳扛了杆鱼叉，我腰上系了个大鱼篓，把带的东西都塞在里面，肩上还披了张渔网，正好把鱼篓遮住。屋主走在前面，不时地回头向我们俩叮嘱点什么。

屋主经常过卡去种山兰，同这里的士兵较熟悉。这时，他主动上前打招呼："王排长，起这么早啊！昨夜没喝几盅？"

顽军排长说："是你呀，又要去'赶山'（打猎）呐？前几天你打的那只黄猄可真够味，我喝了半坛酒还不过瘾。"

"是吗？那今天给你换换口味。"屋主拍了拍腰间的鱼篓，笑嘻嘻地对那排长说。

"哈哈！好好好，你们苗人就是够朋友！"他笑得嘴都咧到耳根了，"咦？你身后的那两位是……"

"哦，是我的亲戚，今天要回去了，顺路过去帮帮手。"屋主装作漫不经心地回答。我们三个走了过去，一口气赶了几个钟头的山路。

入夜时分，我们到了红毛乡。在乡政府，我见到了白沙县抗日民主政府副县长王国兴和区长王玉锦同志。他们知道我俩的来意后，都很高兴，王国兴连声说："这下好了，这下好了，要是你们三支队从陵水保亭那边打过来，同我们这里连成一片，那'国贼'就跳不了几天了。"

第三天，王国兴同志要亲自带我们继续往前走。到白沙县政府我们足足走了三天，沿途的交通站对我们关怀备至，不管条件多困难，他们总是想方设法让我们吃好睡好。到了县政府，詹力之县长、王茂松副县长对我们倍加照顾，要我们好好休息再完成最后一段路程。

王国兴同志留下了，詹力之县长另派人给我们俩带路。又差不多走了一整天，晚上到了司令部驻地阜龙乡，我将带来的密信和物件都交副官处转送给冯白驹司令员。几天后，冯司令员派人把我叫到他的住处，详细询问了我们三支队和我们一路上的情况，并交代了有关事项。

过了两天，我带着文件和信件以及冯司令员送给陈斯安等人的蓝布，和陈其芳一道踏上了回程。一路上，在黎族、苗族同胞的支持和掩护下，我们再次顺利地通过了道道关卡，安全地回到了支队驻地。

从此，一条直通司令部的秘密地下交通线建立起来了，一封封密信安全而又快捷地传递着。

智擒"八老虎"

谢立全

1943 年春，中心县委为了向广州市郊发展，决定派卫国尧、卢德耀等同志组成"广州郊区工作组"，深入沥滘乡秘密开展工作。沥滘是广州市南郊一个乡镇，面临珠江口，是敌伪防卫广州的一个外围重要据点。臭名远扬的"十老虎"就在那里称王称霸。

提起"十老虎"，广州南郊的人民无不恨之入骨。"十老虎"是同父异母的兄弟，本是一伙杀人越货的匪徒。广州沦陷前，老大卫金润、老五卫金洪、老七卫金欣、老八卫金结、老九卫金接和老十卫金良六人继承父业，在沥滘经营肉店；老二卫金汝开了一间小米店，老三卫金荣在橡胶厂鬼混。其中以老六卫金允和老四卫金华最为凶恶。卫金允长期在广州当国民党的密探，是一个双手沾满人民鲜血的刽子手。卫金华流氓成性，常常谋财害命，甚至曾经将他的一个刚从国外回来的姨母诱骗至果林中杀死，搜净了她身上的财物。

广州沦陷后，沥滘的地主当权派为了向日寇献媚，买了五挺轻机枪和两三百支长短枪，组织起沥滘的伪联防队，由满手血污的卫金华当了"队长"，他的九个兄弟，也全部入了伙。卫金华有了这笔本钱，得到日寇特务机关的赏识，被调到广州当了"密探队队长"，伪联防队队长改由卫金允接替了。他们如狼似虎，人们给他们起了个"十老虎"的绰号，是日寇在广州市郊最信赖和最得力的帮凶。

我们部队早就想把"十老虎"消灭了，但由于沥滘是日寇驻广州市郊的重要军事据点，除了"十老虎"手上的伪联防队外，还驻有日本鬼子的警备队；而且，沥滘与我们部队活动地区横隔着珠江的干流，江面宽阔，我们的行动受到很大限制，因而一时难以下手。经过反复研究，决定派卫国尧、卢德耀同志采用"深入虎穴，调虎离山"的办法，把"十老虎"一网打尽，坚决除掉这些祸害。

卫国尧同志是沥滘乡人，他挂着堂堂的"留日学生""国民党中校"的头衔回到沥滘，一些地主乡绅纷纷前来拜会。卫国尧有一个堂叔，名叫卫伦秋，在沥滘当过伪乡长，"十老虎"中的老七卫金欣就曾经给他当过卫士。卫国尧通过卫伦秋的关系与"十老虎"认识了，而且混得很熟，不久又认识了驻沥滘的日军警备队队长吉田少佐。

不久，卫国尧用组织上给的 5000 元活动经费，恢复了"怡和"碾米厂，开设了一间小小的文具店，又当上了沥滘小学的校长。他把我们的人安插在米厂当掌柜做小伙计，又聘任了两位地下党员任沥滘小学的教员，建立起了我们的情报站，在敌人的心腹埋下了"炸弹"。

根据卫国尧提供的情报，捉拿"十老虎"的主要问题是这几个人并不集中在一起，很难对他们同时下手；如果只杀几个，反而会造成以后工作上的困难。经过反复研究，我们要求卫国尧必须提供一个"十老虎"同时出动的情报，以便乘机把他们一网打尽。

卫国尧在分析"十老虎"的行动规律时，忽然想起这一年的清明节到火烧园扫墓时，曾碰到"十老虎"也一起去祭扫亡母山坟，便与卢德耀同志一起研究，认为乘"十老虎"同时出动扫墓时动手，最为合适。于是便把这一情况向我们汇报了，我们决定在明年清明节到火烧园活捉"十老虎"。

1944年清明节就要到了，我们决定加强侦察，加紧活捉"十老虎"的部署。遂通知卢德耀同志（卫国尧调到五桂山根据地工作），要他们在一个月内必须把"十老虎"到火烧园扫墓的具体时间、行动路线和有关情况弄清楚，及时把情报送回来。卢德耀和他的助手卫民两次前去礼村侦察"十老虎"祖坟所在地火烧园，部队也派了三个同志了解地形，找着了"十老虎"的祖坟，实地了解它的地形地貌，测绘好地形图送给我们，以便我们具体地分析研究行动路线。

清明节一天一天临近，我们准备好扫墓和化装用的一切东西，同时根据实地侦察得来的地形图和有关情况，进行了细致的研究，做好了具体的战斗部署，单等"十老虎"扫墓的准确情报了。可是，离清明节只有半个月了，还是得不到确切的消息，这可把我们急坏了。

几天后，卢德耀又派了"同心会"会员卫显安到茶楼，进一步探听消息。在茶楼一角，"十老虎"中的老三卫金荣还在大吃大喝，卫显安便乘机挨近去，有意无意地跟他扯谈起来："三兄，几天不见面，莫不是到广州玩去了？……清明又快到了，你们都行'正清'吗？"

卫金荣随随便便地慢声说道："唔，是的，行'正清'。"

"祖宗的家山多，东走西走，哪一处都得拜到，也够三兄你们辛苦的哩！"

"是呀，头三天拜高祖、曾祖和祖父的山坟，我们就不一定去了；只是拜老母时，全家大小都不能不去。我们这一家能有今天，全凭'风水梁'指点了一席好'龙穴'！老母一葬进'龙穴'，家山就发了。"

卫显安从卫金荣口中找到了头绪，大家很是高兴。为了使情报更加准确，卢德耀第二天又派卫民到"财源"茶楼去与"十老虎"中的老八卫金结扯谈了好一会儿，讨来的消息与卫金荣昨天说的无异。

"十老虎"很是狡猾，清明节的第一天和第二天都不上坟，而是选在最后一天。早晨，珠江上的浓雾刚刚散去，卢德耀驾着小艇，亲自送来了最后一个准确的情报：今天上午，"十老虎"准去上坟。

我们都化了装，把两挺机枪和一个掷弹筒放进扫墓的食箱，又把一排子弹藏在箩筐底，上面压着元宝香烛纸钱，大家腰间还插了手枪，便动身到火烧园去。我扮成"大财主"模样，穿一身大褂，戴起礼帽，带着一群打扮得相当时髦的"少爷""小姐"朝火烧园而去，抬食箱的、扛锄头的、挑元宝香烛的走在前前后后，很像是有钱人家扫墓的派头。郑少康同志率领一支部队，隐蔽在我们退路的山岗上接应。另外，我们的手枪队也三五成群的，有的担了竹箩，有的提着酒壶，有的挽着竹篮，分头到指定地点去"上坟"。

8 点半左右，我们在"十老虎"母亲坟前面的一个小岗上，早已选定了几个没有人拜扫的荒坟，分头摆设妥当，草草修整了一下坟墓，压上纸钱，燃起香烛，还放了几串爆竹，装模作样地拜扫过一座又一座山坟。到了上午 10 点，"十老虎"还没有来。我心里疑虑：是不是走漏了风声，被敌人发觉了，临时取消此行？只好又临时在岗上找了一些颓毁了的、显然没有谁来拜扫的山坟继续"拜扫"。

11 点左右，"十老虎"一家大小上了岸，男女老少，还有一个排的伪联防队保护着，走到礼村的后山，却不知有什么事转路到别的山坟去了，其余的八只"老虎"不久便到了他们的母亲坟前。

这时已是正午时分，八只"老虎"因上山热得直淌汗，便脱下上衣，有的连手枪一起挂在树枝上，然后坐下来抽烟。随行"保驾"的伪联防队在山坡上搭好枪架后，一个个懒洋洋地东倒西歪地躺在地上。

他们将坟墓修饰一番之后，便把带来的烧猪、烧鹅、果点、糕点、烧酒等祭品摆满一地，焚香燃烧，浇茶奠酒，噼噼啪啪放起爆竹，按辈数先后下拜。拜过山坟后，老八卫金结便从腰间拔出驳壳枪向坟前三丈多远的一株乌榄树"啪啪"地射了一排子弹，接着卫金洪、卫金欣等也照样打了一轮枪，一来为了显显"威风"，二来是想取个好兆头。

我看这正是好时机了，虽然卫金润和卫金汝还没有到，但机不可失，于是我便示意战士们把机枪和掷弹筒拿出来对准敌人射击。我们突如其来的袭击，把"十老虎"的家族和那群伪联防队吓得乱成一团。我们在附近"扫墓"和扮成"山狗仔"（替人家修坟的杂工）的手枪队，也冲到他们跟前，将枪口对准了他们的胸膛和背脊，八只"老虎"和他们的"联防队"，只好垂头丧气举起双手。

八只"老虎"被擒的消息，马上传遍沥滘一带。人心大快，大家都兴高采烈地谈论这件新闻，还添上了许多传奇色彩。我们根据群众的要求，把那八只"老虎"枪决了。

伶仃洋上白鸽翱翔

容海云　容耀华　杨　芙　杨淑卿

1942 年，我们部队在五桂山地区多个地点建立了交通点，并于 1943 年夏成立了交通总站，站长容海云、副站长容耀华，下设若干个分站。为了保密，交通总站的代号为"白鸽队"，意味着我们像白鸽一样在珠江三角洲的河汊地区、在五桂山山头、在伶仃洋上勇敢翱翔。

白鸽队的任务是转送部队的信件、文件、报纸、刊物、书籍、枪支、子弹、炸药、衣物等，以及护送非武装人员的调动、转移，照顾被送人员的住宿等。总站还要担负起对各个分站的领导和联系工作，把整个交通网建立起来，为建设部队和开展游击战争，建立游击根据地服务，总站是半公开半流动的，为了工作的安全和方便，站址设在五桂山地区司令部附近的村庄，跟随着司令部而转移；设在平原的分站是秘密的、掩蔽的，以职业和社会关系做掩护，一般是当小学教员、开小杂货店、做货郎担、当家庭妇女带小孩，也有假作夫妻、叔嫂、兄妹关系，或做长工、短工、扒经济艇（代运货、搭客）等来掩护。白鸽队前后共有 60 多人，90% 以上是女同志，只有一位男同志和三个小鬼，大部分是共产党员。

各交通线路以五桂山区总站为中心向四处延伸，有外线、内线、长线、短线之分，形成四通八达的交通网。外线以合水口里为中心，西南往四区崖口站过伶仃洋去东江，与东江纵队联系；北往五区大布站经雍陌去澳门，与地方党组织联系；东北出三乡经岐关公路西线去斗门，与八区的陈中坚部队联系；东南往九区牛角围站经中山潭州到顺德榄核去顺德四海，与广游第二支队联系；还有经九区牛角去小榄到新会县荷塘站，与粤中高鹤部队联系。内线以五桂山区内为界，均为部队活动的根据地。长线要一天或两天时间才能到达，短线只是与上下站联系，或离部队较近的路线。为适应珠江三角洲河汊水网地带的特点，我们装备有三只小木艇，开辟了两条水路交通线，一条与广游二支队联系，另一条与东江纵队联系。水上交通可以缩短路程，易于掩蔽，方便去送大批书报刊物、武器，以及护送来往的同志。

交通线路所过之处，除五桂山区外，很多地方都是敌、伪、顽的据点和占领区，或是"大天二"（地方反动实力派）"土匪巢穴"，反动关卡林立。因此，我们配备的交通员都是土生土长的，既了解当地情况，又熟悉风土人情，懂得本地语言，能适应环境变化。我们执行任务的手段和办法是多种多样的，重要的信件就用很薄的纸写成很小的字，把它卷成烟头一样大，甚至还要小一点，放在发髻里、衣服边、竹帽里、蓑衣中、鞋底、藤篮耳或妇女月经带内，或者放在食物用具里，如鱼肚里、包子里、蔬菜莲藕里、柴草芒草里，交通员在与敌人遭遇的紧急情况时就用最简单的办法，把信件捏在手掌心，吞食或迅速地藏在草丛中；大批的《正义报》《前进报》和传单、文件等，夹在艇篷间或放在稻草中；枪支、子弹、炸药藏在小木艇底的夹板里，双层艇底让敌人难以发现，运送炸药时，还买些韭菜、烂咸鱼等挂在艇内，以混淆其嗅觉。交通员还假装捕捞鱼虾、做农活等，随机应变，以各种办法来应付敌人。

交通员往往是只身出发，经常坦途不走硬跑山野，越是恶劣的天气我们越要出发。每当指挥部画着四个"十"字的特急信件一到，我们便立即动身，不管寒风暴雨，还是烈日当头，日夜走个不停。当时，游击区缺医少药，有的同志患了疟疾，或是正在发热，也要冒病带信出发。有一次总站的容耀华同志，她深夜冒着暴风雨带信走山路，伸手不见五指，还不能打手电筒，她一脚深一脚浅地摸索前进，凭着雷鸣电闪一瞬间的微光辨别方向。小鬼广仔在一次送信中遇到山洪，河水暴涨，蹚不过去，他就抱着一根木头，冒着危险硬是浮到河的对岸。有一次，杨日松出发送信时，她弟弟刚牺牲，遗体就停放在她经过的山边，日松看见自然悲痛万分，可是任务在身不能耽搁，只得含泪向弟弟默默告别，强忍个人的哀痛，带着重要的信件继续赶路。杨日松的孩子还未满月，为接通一段可能会被敌人截断的交通线，她毫不犹豫地背着婴儿跋涉往返，圆满地完成了任务。

负责扒艇的交通员更是辛苦，如遇大风大雨逆水行舟，就要拼尽全身力气与风浪搏斗。有一次冯惠娟从澳门交通站送信到中山凤凰山区，在途中遇上国民党反动派"扫荡"，她退避不及，只好若无其事地继续向前走，她镇定地让敌人搜身，因搜不出什么东西，敌人只好放她走。原来她巧妙地把信件藏在内裤带里，而闯过险境。当地群众夸赞说："这班女仔不信神、不信鬼，不怕风、不怕浪，连日本鬼子也不怕，真够大胆！"

长年累月的战斗生活，把白鸽队的成员锻炼得更坚强。1944年间，交通员吴执其和梁润兰经常从中山九区牛角围用交通艇运送大批书报到五桂山交通总站，小艇经过中山九区的崩冲口被敌人截住，搜查出艇篷中夹有书报，便不由分说，迫她们承认是游击队。但她们俩坚决不承认，并镇定地说：这是新买来的一只小艇，用来载客谋生，完全不知道艇篷里有什么东西。反动派凶神恶煞，对吴执其进行毒打，以至于棍子都打断了，但她们坚决不招认。恰遇我方潜入反动派内部做秘密工作的同志来到，进行解围说：这些书报到处都有卖的，不奇怪。敌人无可奈何，便把她们放走了。后来，当地群众知道了此事，给吴执其同志起个外号为"拌折栋"（被敌人打断了棍的意思）。

白鸽队自 1943 年夏天成立，到 1945 年秋游击队主力转移东江为止，先后牺牲了四位同志。1945 年夏天的一个晚上，游击队负责人欧初同志决定将一名带着机枪起义过来的日军护送到东江游击区，当晚副中队长萧杰明带着一个班，由梁财宽同志引水带路，乘船从中山出发横过伶仃洋去宝安。船行第二天，遭到国民党伪"挺三"第三支队三条船的包围，双方在海上展开了激烈的战斗，最后我们船上的人员包括那位日本朋友全部殉难，梁财宽同志牺牲时才 26 岁。1945 年 8 月 9 日，周雪贞同志带重要信件从珠江到东江去，到了宝安县黄田交通站，正遇上日伪军的疯狂"扫荡"。她人生地不熟，在无法躲避的情况下，她机警地将所带的信件嚼烂吞进肚子，敌人搜不出信件，便对她严刑拷打，她始终不吐露半句。无耻的敌人把她全身衣服扒光，疯狂叫嚷："剐了她，剥肚取信！"但周雪贞同志面不改色，敌人用刀插进她的腹部，她用生命保守了党的机密，就义时年仅 19 岁。卢八女同志在护送人员回程时，刚把交通艇收藏隐蔽好，就不幸被捕了。敌人对她施加严刑拷打审讯，最后将她捆上石头沉下海去，她壮烈牺牲时才 23 岁。四英同志入伍时 40 多岁，她满腔热情地加入部队当交通员，她是本地人，讲客家话，敌人一直都以为她是卖草的妇女。她以此为掩护，多次完成重要的送信任务，可由于坏人告密，在执行任务时被捕光荣牺牲。

　　1945 年秋天，由于日、伪、顽疯狂"扫荡"五桂山区，我游击队主力转移到东江。白鸽队为适应形势需要，大部分交通人员都转移了，采取分散掩蔽的多种形式，建立更秘密的直线、单线联络点。当时，不少交通要道被敌人封锁截断，但白鸽队战士仍然继续顽强地用各种办法，通过敌人的封锁线，坚持与各线联系，保证交通联络不中断。我们的交通工作，一直坚持到 1949 年全区解放。

采塘缴枪[*]

许　务

　　1945年3月下旬的一个晚上，从韩江两岸各村秘密赶来的10余名游击小组成员和20多个地下民兵，拥挤在余厝洲李习楷同志家里。屋内点着一盏煤油灯，大家围在一起，由于长期分散秘密活动，现在一下子聚集在一起，都备感亲切兴奋。县委书记周礼平同志拿出一幅地图，向我们传达战斗方案。这是一张采塘市敌人部署的详情图，是之前周礼平派我和另一位同志化装潜进采塘，配合在市内开木炭铺的陈之义同志，经过周密侦察后绘制的。

　　采塘，处于潮（安）汕（头）铁路的终点，是潮安县的一个大市镇，驻有一个伪联防中队的伪区署武装共50多人，配备有机关枪2挺、步枪40多支；此外还有个警察所30多人，配备轻机枪2挺、步枪20多支，呈鼎足之势分驻

---

　　* 本文节选自《夺枪记》，收录时做了适当修改。

于市内。采塘南面只十多公里，便是日军"南友邦派遣军粤东警备司令部"的所在地——奄埠。从奄埠到采塘，敌人骑兵只需一二十分钟便可到达；从潮汕城内赶到采塘，也只需30多分钟，西面距桑浦山的鬼子据点也不远。这样的敌人，是不容易被吃掉的。但是，敌人自恃处于平原中心腹地，又不曾吃过我们游击小组的亏，晚上虽警备森严，白天却比较松懈，这就使我们有可乘之机。

5月6日下午3点多钟，我们40多人分头都化了装，便从余厝洲出发了。蔡子明同志化装成伪区署的"助理员"，歪戴毡帽，别着手枪；吴元成等六位同志穿着黑色军服，打着绑腿，背着步枪，化装成伪联防队队员；我们这些人化装成被抓苦力的农民，有的拿着扁担、绳索，有的空手背着大竹笠，裤腰里都藏着短枪。我们沿着江岸，走到竹梢寮村，向伪甲长要了三条木船，顺流向采塘进发。

"停船！停船！"岸上传来一阵吆喝声，我的心猛地一跳，赶快握住衣下的枪，船里的空气非常紧张，每个人都暗暗做好战斗准备。"干什么？没看到天快黑了，老子要赶回去交差，瞎吵什么！"站在船头的吴元成，用广州话朝岸上追来的伪联防队骂着。这一骂果然生效，岸上的伪联防队见是"自己人"，就挥挥手往回走了。大家这才松了一口气，我们在采塘村边顺利登岸。我和吴元成、余石带领着一组十多人直奔警察所，隔两分钟后，蔡子明同志也带领其余的人向伪区署和联防队驻地走去。

我们这一组在两名"伪联防队队员"的"押送"下，穿过市中心的小街。我们穿过一条小巷，拐个弯，就到了警察所。大门口，一名哨兵把枪挂在肩上，没精打采地张望着门前的大榕树梢，另外两名"乌脚"（伪警察）空着手，在榕树下的鱼塘边散步闲扯着，伪联防队抓苦力在这里经过，那是常有的事，我们的出现，并没有引起他们的注意。吴元成走近哨兵身边，说："我们奉'皇军'命令出来抓苦力，要在这里做晚饭。"

　　哨兵扫了我们一眼，装腔作势地说："不行，要吃饭找老百姓家里去！"

　　吴元成不搭理他，回头朝我们喊："站着干啥！要开饭了，还不快过来！"

　　警察哨兵急了，下枪想来拦阻，我乘他不备，从背后一把将他抱住，同志们忽地都掏出枪来，池旁的两名"乌脚"怔怔的还不明白怎么回事，也被抓起来了，我夺下哨兵的枪，把他交给民兵，就带着同志们向警察所冲进去。

　　屋里的那班"乌脚"，有的围在一起推牌九，有的横七竖八躺在铺上乱扯皮、哼小调，猛然见我们冲进来，不知哪个家伙喊了一声："妈呀，'老八'来了！"便都乱嗡嗡地向后门和窗户夺路奔逃，但窗门都被我们堵上了。有两名"乌脚"返身冲进侧面枪房，想持枪顽抗，余石手疾眼快，一扣快慢机，那两名"乌脚"便歪倒在枪架边。

　　"投降免死！"随着我们的喊声，"乌脚"们一个个缩着脑袋，高举双手。有些撅着屁股，钻在床下，也被民兵们给拖出来，都集中到后厅里。战斗顺利解决了，同志们兴冲冲地从厢房里把枪支和一箱箱子弹搬出来。

伪区署和联防队也顺利地解决了，前后只费了 20 分钟，可惜的是，伪区长、联防队队长和警察所所长都在今早到潮州城开会去了，让他们漏了网。

当采塘的老百姓听说伪警察所、联防队被我们缴了枪，都奔走相告，兴高采烈地涌上街头，一遍又一遍地念着我们张贴和散发的"中国共产党万岁！""告民众书"等标语和传单。人们纷纷赞叹："'老八'真是神出鬼没呀！"我们挑着缴获的武器、物资，迎着一轮弯月，踏上了返回根据地的归途。

过了不到一个月，我们又利用早晨化装成"乌青队"收岗和赶集的样子，袭击了韩江边上潮汕护堤公路中心点的采塘警察所，公审处决了罪大恶极的伪警察所所长，破仓分粮，缴获了 1 挺机枪、2 挺机关枪和 100 多支长短枪。

不久，韩江抗日纵队第一支队就在我们这个游击小组的基础上成立起来了。

大浪口断敌运输线[*]

王　锦

1945 年 8 月初，我带领着三条船在九龙、西贡区、龙船湾一带执行巡逻任务后，将船停泊在龙船湾外的火头坟岛，准备第二天返航大鹏湾。

当天晚上，同志们照往常一样组织部分同志分散在各渔船中，做宣传教育工作。渔民郑大爷带着一个渔民向我报告说，他在大浪口外发现一条怪眼生的大木船在海上活动，整条船除船头、船尾露出之外，其他部位都用帆布蒙盖着，辨不出是商船还是什么船。他说："凭我在海上多年的经验，可以肯定它不是本地区的船，也不是渔船。"

我们立即召开支委会进行研究，大家估计有两个可能：一是日军伪装的运输船，企图蒙混过关；二是装载有日军的船，以伪装来迷惑我们，妄想待我船毫无准备靠近它时，突

---

　* 本文节选自《港九海上打游击》，收录时做了适当修改。

然向我船开火。会上大家一致认为后一种可能性大，必须提高警惕，做好充分准备，不管它是什么船，都要立足于打。大家又仔细分析了敌我力量，根据渔民报告的情况判断，假如真的是敌船，估计船上最多也是 40 人，也不会有大的装备，了不起是轻、重机枪。我队有 3 条船 50 多人，3 挺轻、重机枪和 1 支战防枪，还有鱼炮，兵力、装备我们都占优势，而 8 月是西南风季节，我们从西南入东北方向航行是顺风，非常有利，加上船小航速快，操纵灵活，只要敢于接近敌船，就算敌船上有小口径炮，也不能发挥作用；敌船大、不灵活，加上它从东北往西南方向航行，是逆风，用"之"字形航行，速度就更慢了。经过多方面分析，认为各方面对我都有利。因此，支委会决定，坚决消灭它。

第二天早饭后，我们三条船悄悄地离开火头坟岛往东航行，船刚刚通过观门口海面，我们就发现目标了。我拿起望远镜看，好高大的帆呀！船身虽被帆布罩着，但不难看出它绝对不是货船，更不是渔船，我立即打旗号命令各船做好战斗准备。我一面警惕地观察着敌船的行动，一面叫同志们收紧帆绳，加快航速前进。由于是顺风，只半个小时后，就接近大浪口，距离那条怪船只有几百米，我队三条船编成前三角队形，迅速接敌。

那条船上果然都是日本正规军，一看我队摆开的队形，就知道不妙，便首先向我队开火，这完全证实了我们的判断，是只伪装的敌战船。我各船待命很久的轻重机枪、战防枪，按我发出的信号，立即奋起还击，密集的子弹如同暴雨，打得海面溅起片片水花。大浪口本来就是风大浪大，此刻更像无数蛟龙在海底翻腾，战士们边打边呼喊着、互相鼓励着。我仔细观察敌船的火力点，发现敌船尾的火力最猛，急忙命令一号船、二号船集中火力向敌船尾射击，掩护三号船冲锋。由于风大浪大，三号船被吹到敌船左侧，未能接上船尾，吴有满同志投出的两颗鱼炮也都从敌船篷上滚下海里，当他刚站起来又要投第三颗鱼炮时，一颗子弹射来，他中弹倒在船上。丘求这个小鬼刚举起鱼炮还没有点火，又被敌人一枪射中他的腿部，也倒下了，三号船的火力明显减弱了，而且处于不利地位。我急忙命令一号船、二号船掩护三号船迅速撤离困境，三号船在一号船、二号船的火力掩护下刚转过船头，船帆上那条绳子就被敌人的枪打断了，帆哗啦啦地落了下来。

在这紧急关头，只见丘求顽强地忍着伤痛，冒着弹雨抱着桅杆像一只灵巧的猴子那样，嗖嗖地爬着，刚爬上去一会又中了一枪，从桅杆上掉了下来，我不由得倒吸一口气。正当我为三号船的困境着急的时候，眼看丘求这个小鬼忍受着两次负伤的剧痛，再次顽强地撑起身子，把船帆徐徐地升起来。紧接着，颈部负伤躺在船尾的吴有满侧起身来，一手操舵，一手拉紧帆绳，小船迅速脱离险境。我高兴得对着三号船大叫起来："英雄呀！干得好！"不一会三号船报来不幸的消息，我们这位顽强勇敢的勇士丘求同志刚把帆升上桅顶，就壮烈牺牲了。我为这位勇士的牺牲非常悲痛。就在这时二号船迅速驶到有利阵位，做好冲锋准备，同志们个个瞪着大眼等候命令，我把红旗一摆，二号船便射向敌人船尾。

一号船上的转盘机枪射手刘火焕不停地向敌人射击，二号船边打边接近，敌人见二号船快接近，集中火力阻止二号船前进，舵手石观福同志胸部负伤了，"来伯"紧接过来操纵船只，这时撤到右后方的三号船，包扎好伤员，发扬轻伤不下火线的老传统，又响起了密集的枪声，只听二号船有人喊："三号船上的伤员同志在支持我们了，快呀！"随着这喊声，船速更快了，不一会儿便接近敌船尾。

邹来同志一连投出两颗鱼炮，顿时浓密的烟火把整个敌船吞没，船篷、船板和其他东西纷纷地飞上了天空，又刷刷地落了下来，把水花溅起，只见敌船尾部开始下沉了，有的日军慌忙地奔向船头，有的像下饺子那样扑通扑通直往海里跳，拼命想游上岸边去逃命。跑上船头的日军，已经泡进海水里有半腰深，但仍然拼命地负隅顽抗，向着我船射击。我急忙叫来懂得几句日本话的朱来同志喊话，叫日军投降，喊了半天，仍无济于事，当朱来同志站起来喊话时，被敌方一枪击中头部光荣牺牲，一号船的同志更加愤怒了。驶近敌船船头时，邹来同志刚站起来正想投鱼炮，胸部被敌人打了一枪，其他同志见战友负伤更加恼火，接过邹来同志未投出的鱼炮，一连投了几颗，敌船整个下沉被大海吞没了。在海面上的日军，有的抱着船板，有的抱着木箱子，仍死不向我们投降，有的还在打冷枪。战士们一个个气坏了，驶船把水上的日军团团围住，一阵枪打、桨砸、船篙戳，除抓住2名做活"舌头"了解情况之后，其他20余名日军全部被我们消灭在大浪湾口的大海里，让他们喂鲨鱼见水龙王去了。

敌船虽被炸毁了，但因是木质船，仍有浮力，处于半沉半浮的状态，同志们潜下去打捞船上物资，由于风浪太大，只捞到几支步枪，因此决定用两条船将敌船拖回大鹏湾的鹅公湾，可是拖了一段时间，缆绳也拖断了，船随风浪往三门岛方向漂去。因三门岛上驻有日军且常有炮艇出入，我们再不能在此停留，只眼巴巴看着这条船漂走。几天后，三门岛上的群众在这条船上打捞起几支三八式步枪和一部电台，用船送来交给我部队。过后，听说又起到一门九二式日本步兵炮，送给驻沃头部队。后来在1946年东江纵队北撤山东烟台时，还把这门炮带去山东战场。

这一仗结束后，日军运输船再也没有在海上露面，我海上队圆满胜利地切断了敌人海上运输线。从此大鹏湾的海面上白帆点点、渔歌荡漾，夜间各渔港海面上万家灯火，似势不可当的海潮那样自信，准备迎接抗战胜利的曙光。

战斗在漓江畔[*]

萧　雷

　　1945 年 2 月，临（桂）阳（朔）联队成立后，于 3 月下旬在蓬山战斗中擒获盘踞在临桂潮田乡蓬山村的临桂挺进大队大队长秦伟民，使军民大受振奋。而后，联队领导决定抽调 40 多名精壮的战士，组成突击队，配备轻机枪、冲锋枪各 1 挺，步、手枪 20 余支，以二大队副大队长邓慰洪、五中队副中队长陈运珉为突击队正副队长，奇袭敌人的小股部队和骚扰敌人，打击汉奸、敌特，向地主、奸商征收粮食，收缴非法收入。

　　5 月中旬的一天，兴坪镇的日军 20 余人，准备天亮后用 3 艘船把抢来的粮食运往阳朔。我突击队得到群众送来的情报后，决定在牛尿塘河边伏击。赵志光、邓慰洪亲自率领队员，连夜赶到牛尿塘河边的岭头埋伏起来。日军十分狡猾多

　　＊　本文改编自《临阳联队战斗在漓江畔》。

疑，天未亮即提前开船，船上架起机枪，还派出士兵在船头观察情况。突击队是初次打日军，没有经验，有的战士在见到敌人第一条船时就想射击，邓队长沉着地说："别急，等敌人船队都进了伏击圈后，听我的命令再打！"战士们一个个把子弹推上枪膛，急切地等待着。

敌船全部进入我们的埋伏圈了，邓队长一声令下"打！"所有武器同时开火，子弹雨点般地落到敌船上，在船头站岗瞭望的敌兵应声翻落江中，其余的日军慌作一团，哇哇大叫往船舱里钻。敌指挥官气急败坏，举着指挥刀，命令士兵向岸上还击，密集的子弹落到我们的阵地上，击起一阵阵尘土。突击队队员集中火力向敌指挥官所在的船射击，敌指挥官被击倒跌入江心。这样一来，敌士兵更乱了套，有的往船舱里钻，有的跳到河里去救他们的指挥官。两艘被我们打坏的船慢慢下沉，船上的日军慌忙跳上另一艘船，拼命往下游划去。由于河流湍急，河岸陡峭，我们无法追上，战斗遂告结束。此战，我们击毁 2 艘敌船，毙伤日军 10 余人，战士们和群众扛着缴获的粮食、枪支，带着胜利的喜悦，唱着游击队歌踏上归途。

我军乘胜于 6 月中旬南下平乐、荔浦两县边界地区活动，以开辟新的游击区、扩大队伍。6 月下旬的一天，邓慰洪带着突击队，从野鸭石渡江到达离平乐县城仅五六里的河口圩。第三天清早，一个老乡气喘吁吁地跑到突击队驻地，向邓队长报告说："鬼子来了，你们快走吧！"邓队长安慰他说:"不要怕,我们来这里就是为了打鬼子的,现在鬼子送上门来了,那正是歼敌的好机会。"接着向他问明了具体情况,根据地形把部队埋伏在漓江边。等了半个多钟头,一艘木船从上游出现,掌舵的、划桨的全是日军,共有十三四个。船越来越近了,邓队长一声令下,步枪班班长一枪就把划船的敌兵揍下江去了,接着步枪一齐射击,打得船篷"砰砰"直响,木船四周水花飞溅。日军被这突然的袭击打得晕头转向,掌舵的敌兵伏在船舱里向我们还击,步枪班班长端起枪将其击毙,木船没了掌舵的,立即在江心打起转来。邓队长派熟悉水性的同志划着竹排去套船,突击队登上敌船,见船上横竖躺着七八个敌兵尸体,同志们把尸体推下江中,把木船撑回岸边。老百姓围拢上来,齐声夸奖:"临阳联队勇敢机智,打了大胜仗,真了不起!"

7月上旬,临阳联队转移至荔浦县境,在马岭的朝贵、凤凰坪、下大地一线驻扎。那时正是夏收大忙季节,驻扎在马岭街的日军经常到钱袋厂一带抢掠。老百姓大部分逃进了山里,只剩下少数老人和一些不怕死的青壮年在村里看护家园。

一天,群众来临阳联队驻地报告说,马岭街的日军又出动了20多人到钱袋厂抢粮食,国民党自卫队不敢打,要求我们去消灭这股日军。联队部当即派出三支中队轻装跑步到钱袋厂,一中队、二中队从左边包抄村子,四中队从右边攻击,部队以村边的树林、竹林做掩护接近村子。当战士们刚走到村子前面的竹林时，被一个站在大樟树上的日军哨兵发现，向冲在前面的参谋长谢韧天开了一枪，子弹击中他头上的钢盔边沿，钢盔落地，谢韧天顺势一滚，跳在一条田基下，迅速组织火力，将树上的敌哨兵打了下来。在村里抢劫的日军听到枪声，即向村外反扑。联队长黎禹章立即组织部队，利用村子围墙和田基做掩护，与冲出村外的敌人交火，击倒了两个日军。日军见联队火力很猛，又缩进村里慌忙押着几个老人，赶着几头耕牛，背着一些粮食从村后撤回马岭。临阳联队战士怕误伤了群众，一边沿着较高的田埂追歼逃敌，一边高声叫喊被押的老百姓赶快趴在田里不要动。日本兵见势不好，不得不丢下抢来的财物和百姓，边打边拖着三具尸体逃走了，被抢走的耕牛和粮食又回到群众手中。

7月12日，临阳联队在返回阳朔兴坪根据地的途中，于漓江边的古座塘村宿营。第二天天没亮，顽军即向联队发起攻击，密集的子弹打到我军驻地的屋瓦和墙上，并一再号叫："交枪吧，你们被包围了！""投降吧！我们宽待你们！"但没有一个人敢冲进来。联队领导马上命令部队扼守村口和碉堡、炮楼，派一中队的两个排占领背后山制高点，饭后对顽军发起反击。临近中午，我各中队已吃过饭，指战员精神抖擞，斗志昂扬；而顽军狂喊了半天，十分疲惫，正在开饭。联队队部抓住战机，命令部队反击。联队参谋长谢韧天操起重机枪，发出反击的信号；政委黄嘉和政治部副主任韦立仁率领民运队和后勤人员坚守村子和警戒漓江河面，同时用木板、竹子扎筏子，供部队渡江时使用；我和一大队教导员孙忆冬率领第一中队从古座塘村后山腰绕到顽军的侧后，猛烈地发起进攻，顽军遭到突然袭击，阵脚大乱。一个指挥官妄图转身还击，被我一枪击中其腹部，肠子流了出来，我当即上前缴了他手中的驳壳枪。顽军士兵见势不妙，仓皇往山下逃跑。黄政委见状，即率领留守村中的人员冲出来，配合一中队夹击顽军。顽军狼狈逃跑，我们勇猛追击了四五里才收兵。

当天下午5点，正当我们准备渡河转移时，一股日军分乘四艘木船顺漓江而下，对岸还有20名敌兵走陆路掩护。联队指战员不得不停止渡江，忍着疲劳投入战斗，各中队利用江东岸的丛林做掩护进行伏击。日军船队进入我军伏击线后，我军指战员猛烈开火，打得敌人嗷嗷直叫。敌人凭借其火力优势，一边用机枪、迫击炮、掷弹筒向我军阵地扫射、轰击，一边拼命划桨往下游逃遁。其中一艘船划桨的士兵被我方击毙跌落江中，船在江中打转，联队长命令部队集中火力攻击这艘船。日军见天色已晚，不敢恋战，丢下这艘被打坏的木船，仓皇逃走了。战斗结束后，我只身游到江中，把这艘船撑回东岸，经简单修理，它成了我们渡江的工具。

7月14日、15日，黄嘉主持召开党的主要干部会议，由省工委交通员庄炎林传达省工委的紧急指示。省工委指示各地党组织要坚决执行党中央关于"隐蔽精干，长期埋伏，积蓄力量，以待时机"的白区工作方针，将所掌握的革命武装化整为零，分散转移。7月下旬，部队按照部署分批转移，临阳联队的光荣历史至此结束。

为民除害记*

卢泗根

    1940 年秋，三角洲中心县委遵照中共中央关于要组建一支"八路军、新四军式的抗日游击队"和中共广东省委东南特委的有关批示，以原顺德抗日游击队 30 余人为基础，通过统战成为吴勤的广州市区游击第二支队的基干队。当时，我是基干队成员。不久，基干队遵照珠江三角洲特委的指示，从番禺大石转移到沙湾乡北面的一个山村石浦，在这里正式宣布成立广州市区游击第二支队独立第一中队，由林锵云任中队长、黄柳言任政训员（后改指导员）、谢立全任军事教官、谢斌任参谋、刘向东任政治部主任。从此我们这支农村青年为主组成的游击队，开始过着有组织、有纪律的生活，部队也发展为 50 余人。

    1941 年春天，同志们渴望已久的战斗终于到来了，那

---

  * 本文节选自《"独一中"战斗片断》，收录时做了适当修改。

是去泮浦乡消灭"山顶润"伪军。"山顶润"真名叫梁润，是泮浦人，流氓出身，一贯不务正业，广州沦陷之后，他拉了一帮人当土匪，自称为"抗日大队长"；后来他又投靠日伪，被封为"顺德县护沙总队长"和"第二路军司令"。他虽然同大汉奸李塱鸡一样领封于日、伪，但实力不如李，因此想方设法与李争夺地盘，扩大自己的势力范围，他派兵进驻泮浦，名义是保护家乡，实质是为了达到他政治上和经济上的两个目的。从政治上讲，他在家乡站稳脚跟之后，可以阻止李塱鸡霸占顺德的陈村、碧江等较大集镇，逐步扩大自己的力量，从而与李塱鸡相抗衡；从经济上讲，据守泮浦可以控制西江由三埠、石岐、市桥通往广州的水上交通，勒索过往船只的"行水"，并且对大小横沙一带耕种水稻的农民征收所谓"禾票"和"护沙费"。这伙匪徒随意对农民鸣枪恐吓，强行抢走财物，甚至打人、抓人，真是无恶不作。广大人民群众早就要求我们去惩办这帮无恶不作的土匪。

为了保证全歼这股敌人，我们做了周密的侦察。我们化装成割鱼草的农民，驾着一只农艇，沿路尾围、大沙的水路向泮浦划去。经过侦察，发现敌人有一个加强排，驻在村中心一梁姓的大祠堂里，兵力约30人，有粤造捷克式轻机枪1挺、步枪10余支。祠堂正门关闭，人员是经过祠堂右边横门过道进出的，在横门过道口用红色岩石筑起一座厚约1米、高约2米，设有3个射击孔的碉堡，祠堂正门和碉堡周围还用大毛竹扎起一道高约3米的篱笆。祠堂坐北向南，背后有一座五六十米高的山头，山顶设有一个班的军事哨，昼夜均有人值班。

为了打好这一仗，领导同志根据我们的汇报，召集小队以上干部反复研究讨论，最后确定组成四个战斗小组，即突击组、火力掩护组、消灭敌军事哨小组和警戒组；为了迷惑敌人，扩大"山顶润"同李塱鸡之间的矛盾，我们化装成李的伪军投入战斗；战斗采取夜间袭击、速战速决的方法，争取在天亮前歼灭敌人并返回驻地。

在一天夜晚，我们全体指战员分乘七八艘农艇从西海出发，经过路尾村，然后到达横沙水田，部队即从艇上下来，徒涉几百米的开阔水田到达泮浦村边。各作战小组按战前规定的路线，秘密向敌人接近，按照战斗规定，首先是消灭山上敌人的军事哨，然后才发起冲击。谢立全带着黄显和我，很快就到达祠堂后面上山的小路，沿着小路隐蔽地向山顶敌人哨位运动。当时山上很多萤火虫飞来飞去，谢立全要我们在半山腰的地方停下，一边探听敌人的动静，一边把趴在草上的萤火虫抓到各自的衣服上，以伪装迷惑敌人。当前进到离敌人只有五六米的地方，谢立全一个箭步跃到敌人跟前，用强烈的手电筒照着敌人的眼睛，大喝一声："不准动！缴枪不杀！"我怕敌人不懂普通话，马上重复了一句，敌人就乖乖地当了俘虏。就这样，不响一枪、不费一弹，解决了一个班的敌人军事哨。这时，谢立全又用手电筒向部队发出攻击的信号，顿时敌我双方火力互相射击，密集的枪声惊醒了平静的夜空。

　　我们三人押着一个班的俘虏，背着缴获的五支步枪，迅速来到黄柳言的指挥位置。谢立全询问了攻击的情况，知道突击组被敌人火力封锁，难以通过十多米的开阔地，当机立断地集中火力在祠堂正面吸引敌人，自己顺着祠堂右边的方向察看，转了一会儿，他发现祠堂右边的走廊围墙不高，就叫我和黄显把俘虏交给别人，要我们蹲下，然后他踩在我们的肩上，一跃就越过墙头。敌人没有发觉，他小声地叫我将插驳壳枪用的绸纱腰带（约3米）递给他，并叫我把轻机枪调到这里来，然后用绸纱带将轻机枪吊上去，接着我们几个也从墙头翻了过去。此时敌人仍然只知道集中火力对付正面，没想到我们会钻到他们的"肚子"里，当发现我们突然出现在他们的面前，用轻机枪对准他们时，立即龟缩成一团听命缴械，在祠堂门口碉堡顽抗之敌也停止了抵抗。"山顶润"驻泮浦这个作恶多端的加强排，就这样被我们全部、干净地消灭了。

　　战斗结束时，已是翌日凌晨3点。我们扛着缴获的武器弹药，乘坐农用小艇，在天亮前经原路返回西海驻地。乡亲们知道我们全歼了这伙伪军的胜利消息时，都拍手称快。

围攻那大镇

马白山

1939年5月，琼岛血浪滚滚、腥风阵阵，日军占领琼西的交通枢纽那大镇的同时，向琼（山）文（昌）抗日根据地"扫荡"。那大镇卡住了进入山区的重要关口，既威胁着我琼文地区，又对我们开辟琼西山区抗日根据地形成了巨大障碍。9月，我回总队部任总队副司令，到儋县与县委联系，准备发动那大群众配合第三大队驱除驻那大的日军，为部队西移的战略实施创造条件。

10月上旬，我率领三大队前往那大镇外围的清平、洛基乡，组织群众工作队，做围攻那大镇的战斗准备。经过调查我们了解到，日军占领那大镇后，经常四处抢掠财物，肆意蹂躏群众。群众饱受日军烧、杀、抢之苦，抗日热情甚为高涨，连一些国民党的乡政人员也强烈要求抗日。那大镇周围各乡共有数百支步枪和驳壳枪，加上各家各户都有打猎用的粉药枪，共计有数千支之多。根据这些情况，我和三大队领导同志研究决定，与各乡串联组成以第三大队为主体的统一领导机构，进而制订军民联合围攻那大的作战计划。

我们首先与洛基乡乡政人员会谈，说明我们独立队的意图是驱逐那大的敌人，希望乡政权和我们合作，共同抗日救国保家乡。洛基乡乡政人员一再表示愿意合作，我们又邀请他们配合我们工作队，串联陶江、南丰、清平、兰洋等乡的领导人，召开联席会议，共商围攻那大事宜。

10月下旬，在南丰乡的松门村，我主持召开了围攻那大的筹备会议。出席会议的有洛基乡乡长朱文风、陶江乡乡长邓瑞英、南丰乡乡长李恩茂、兰洋乡乡长林桂卿、那大区青抗会主任许达权，以及其他各乡乡政人员范文典、张德贵、张春辉、彭志贤等，连同第三大队领导人共20余人。我讲了全国的抗日形势和琼崖各地抗战的胜利消息，揭露了日本侵略者惨无人道的罪行，指出日军占领那大后，人民群众已经到了忍无可忍的地步，号召各乡联合起来，发动群众，配合部队攻打那大。大家纷纷响应。

通过热烈讨论，大家一致认为：日军进驻那大时间不长，尚处于固守准备不足的状况，驻那大的日军仅200人，加上一个伪军中队，总共也不足300人；而我们有独立队第三大队及用几百支好枪和几千支粉药枪武装起来的民兵和群众，只要我们在统一的指挥下统一行动，采取正确的作战方针，就一定能够克敌制胜。经过充分协商，成立了围攻那大行动委员会和指挥部，由我任行委主任和总指挥，邓瑞英、李恩茂、林桂卿、许达权任委员，指挥部下设人民武装部、粮食财务部、全民动员部、行政军事管理部。会议还决定各乡组织一个步枪中队和一个粉药枪大队，每乡设一个粮食供应站、一个交通联络站和一个医疗救护站。指挥部在后影村和加宗村设总联络站。所有准备工作要在 11 月初完成。

11 月初，各乡民兵 1500 多人和持粉药枪的群众 2000 多人，都做好了战斗准备。指挥部发出了围攻那大的战斗命令，各路人马按照指挥部确定的作战方针和预定的作战计划迅速行动起来。我们采取白天包围、夜间袭扰的战术，使敌人不知所措。各乡群众负责破坏通往那大的公路，阻止敌军车来往。各乡武装群众和民兵封锁进出那大的所有通道，阻挡进者，扣留出者，并派武工队潜入镇内了解敌人的动态。那大周围各乡政人员清查户口，严防奸细活动，严密封锁消息。主要兵力则利用有利地形伏击出动的敌人。夜间，我们在那大周围吹号、鸣枪、呐喊，虚张声势，并组织突击队潜入城里袭扰敌人或进行佯攻性袭击，迫使敌人时刻处于高度紧张的状态。

围攻那大战斗开始后，军民斗志昂扬、越战越勇，将敌人淹没在人民群众的汪洋大海之中，使其陷入了供给断绝、疲惫不堪的境地。驻在新州的日军慑于群众声势浩大的威力不敢前来增援，遂使那大的日军更是孤立无援，惶惶不可终日。11 月中旬，我们连续发动了数次较大规模的佯攻，使得那大日军惊恐万分。某天的下半夜，当我们再次发起大规模佯攻时，日军以为我们发动了总攻，吓得丢下据点夺路突围，仓皇地向新州逃窜。数千军民当即冲进那大镇，声势惊天动地，未来得及逃跑的一个伪军中队80余人被团团包围，全部乖乖地放下武器投降。我们收复了那大镇。向新州逃窜的200多名日军，第二天早上逃到东成乡一带时，又遭到儋县县委领导的抗日游击队和群众的伏击，被打得溃不成军，弃下10余具尸体落荒而逃。至此，长达10天的围攻那大镇战役胜利结束。

围攻那大镇战役的胜利，使我们军威大振，群众纷纷参军参战，琼西地区出现了抗日的新局面，建立了儋临澄抗日游击基地，为特委和总队部西迁创造了条件。